EDAF
MADRID - MÉXICO - BUENOS AIRES

EDGAR ALLAN POE

CUENTOS DE HORROR

Introducción de MAURO ARMIÑO

3

◆

Biblioteca Edaf Juvenil

Director de la colección:
MELQUÍADES PRIETO

Traducción de:
RICARDO SUMMERS
ANÍBAL FROUFE
FRANCISCO ÁLVAREZ

Dirección en Internet: http://www.arrakis.es/~edaf
Correo electrónico: edaf@arrakis.es

Edaf y Morales, S. A.
Oriente, 180, nº 279. Colonia Moctezuma, 2da. Sec.
C. P. 15530. México, D. F.
Dirección en Internet: http://www.edaf-y-morales.com.mx
Correo electrónico: edaf@edaf-y-morales.com.mx

Edaf y Albatros, S. A.
San Martín, 969, 3.º, Oficina 5.
Buenos Aires, Argentina
acanevaro@edalbatros.com.ar
gcanevaro@edalbatros.com.ar

Depósito legal: M. 31.516-1999
ISBN: 84-414-0628-6

PRINTED IN SPAIN IMPRESO EN ESPAÑA

Gráficas COFAS, S. A. - Pol. Ind. Prado de Regordoño - Móstoles (Madrid)

ÍNDICE

INTRODUCCIÓN

EN EL CASO de Edgar Allan Poe se ha producido, durante más de un siglo, un raro malentendido: ha sido la obra la que ha revertido sobre la vida del escritor proyectando una imagen tan falsa como novelesca, y tan difícil de erradicar que, pese a los estudios que han tratado de restablecer la verdad biográfica, la negatividad de los personajes creados ha hecho carne en su creador. Basta echar una ojeada sobre los múltiples títulos de ensayos —muchos de ellos tesis de medicina— dedicados al novelista norteamericano: *El hombre alucinado, La necrofilia en Edgar Allan Poe, El soñador fúnebre, La obsesión de Edgar Poeta, La extraña vida y los extraños amores de Edgar Poe,* etc.

Cierto es que, desde una perspectiva a vuelo de pájaro, los datos proporcionaban material para tejer la imagen del poeta maldito tal como en la segunda mitad del siglo XIX gustó a los románticos. Edgar Allan Poe (1809-1849) era hijo de dos cómicos de poca monta que conocían, lote común de los actores de la época, la miseria y las penalidades. Además, su padre, David Poe, después de trasladarse de Baltimore a Nueva York para actuar por última vez en el Park Theater, naufragó en el alcoholismo y desapareció, muriendo probablemente poco después. No tardaría en seguirlo por ese camino, enferma de tuberculosis, su esposa, Elizabeth Arnold, que un año antes había dado a luz su tercer hijo, la niña Rosalie Poe.

Los tres huérfanos fueron recogidos por la familia o allegados. A Edgar, de dos años, lo acogieron unos ricos comerciantes, John y Frances Allan, que bautizaron al niño nada más traspasar sus puertas. Es en Richmond (Virginia) donde se cría Poe —salvo en el periodo 1815-1820, en que los Allan se trasladan a Londres para fundar una sucursal de su negocio—, que es enviado a las mejores escuelas; pero el tiempo avanza y las diferencias con su padre adoptivo crecen; son diferencias de carácter, por un lado; por otro, las deudas de juego y gastos corrientes del joven Poe, que ya tiene 17 años, impulsan a John Allan a cerrar la espita del dinero: Poe no podrá seguir la carrera de lenguas antigua y moderna que ya había iniciado en la Universidad de Charlottesville (Virginia) ni rematar la pactada boda con la joven Elmira Royster en 1826.

La tensa situación le obliga al año siguiente a huir a Boston, capital entonces de las letras norteamericanas; no se conocen los trabajos que tuvo que hacer para sobrevivir en los primeros meses de su huida; pero tenemos constancia de que en mayo de 1827 se alista en el ejército federal como artillero de segunda con el seudónimo de Edgar A. Perry, que más tarde utilizaría para publicar algunos de sus cuentos. Cuando muere Frances Allan, su madre adoptiva, hay una especie de reconciliación con su padre, que le permite abandonar el ejército y prepararse para ingresar en la escuela de oficiales de West Point. En ese respiro de 1825 es cuando se reencuentra con su hermano mayor, William Henry, al que no había visto desde la muerte de su madre, y cuando conoce a su familia paterna, a su tía Maria Clemm y a su prima Virginia, de siete años entonces, con la que once más tarde contraerá matrimonio.

No durará mucho su estancia en West Point; tras un primer año de brillantes resultados, más en las disciplinas académicas que en los ejercicios militares, en 1831 abandona voluntariamente esa academia, después de que John Allan, que ha vuelto a casarse, le niegue el dinero necesario para proseguir sus estudios. Regresa entonces a Baltimore, a casa de su tía Maria Clemm, justo a tiempo para ver morir a su hermano William Henry, tuberculoso y alcohólico.

Devorado por la pasión literaria, sin empleo, ve cómo sus cuentos y artículos son rechazados uno tras otro en 1831; gracias, sin embargo, a un concurso del *Philadelphia Saturday Courier*, que no gana, podrá ver en letra impresa sus primeros artículos que le permiten sobrevivir en la indigencia y colaborar en la educación de su prima Virginia. Dos años más tarde alcanzará una cierta notoriedad, cuando *Manuscrito encontrado en una botella* consiga el premio del concurso anual del *Philadelphia Saturday Courier.* Pero tardará dos años todavía en conseguir un trabajo fijo, como redactor de la sección literaria del *Southern Literary Messenger:* desde esas páginas, además de defender la literatura sudista como exigía la línea editorial de la dirección, lleva una campaña intransigente e implacable contra los novelistas de moda como Theodore Fay, el escritor preferido de los periódicos del Norte. Su habilidad como polemista lo lleva a burlarse de escritores famosos —en su época, hoy totalmente olvidados—, cuyos estilos remeda con *pastiches* que le otorgan un prestigio entre los lectores de su revista. Los celos ante su éxito por parte del dueño de la publicación, Thomas W. White, hará que Poe abandone la publicación, regrese a Baltimore, donde se casa con su prima Virginia, e intente la aventura neoyorquina.

No le acompaña la suerte, y en 1838 se establece en Filadelfia, donde sus colaboraciones periodísticas no lo sacan de la penuria, ni siquiera cuando en 1839 obtiene el puesto de redactor jefe del *Burton's Gentleman's Magazine,* donde debe hacer el juego al oportunismo de su propietario, que le exige indulgencia y menos rigor en sus críticas literarias. Aun así, en 1840 arremete contra el gran poeta vivo norteamericano de ese periodo, Longfellow, e inicia una serie de denuncias de plagios. Cuando su amigo George Graham compre el *Burton's Magazine* y lo bautice con su propio apellido, *Graham's Magazine,* Poe gozará de mayor espacio, independencia y dinero: lo esencial de su trabajo como crítico quedará en las páginas de ese *Magazine,* que abandona para elaborar su viejo proyecto de fundar una revista propia, aunque Graham siga publicándole sus críticas.

Proyecto condenado al fracaso y que lo lleva de nuevo a Nueva York, donde vive otra vez en la mayor miseria mientras trabaja encarnizadamente, hasta que el éxito de su poema *El cuervo* en 1845 acreciente su reputación y le abra las páginas del *Broadway Journal,* semanario de información artística y cultural: desde ellas lanzará una campaña, bajo el título de «Guerra Longfellow», que lo enzarza en violentas diatribas con lectores y escritores; pero esa etapa de bonanza económica no durará mucho, porque no tarda en enajenarse amistades y ganarse violentos odios entre periodistas y lectores. Además, cae enfermo, se ve imposibilitado para escribir y su miseria llega a tal extremo que el *New York Express* del 5 de diciembre de 1846 inserta una llamada de socorro a los amigos del poeta para que le ayuden.

La muerte de su esposa Virginia en enero de 1847 abre la última etapa de la vida de Poe, marcada por la enfermedad, el fracaso en todos sus intentos por poner en práctica su proyecto de revista propia y en la búsqueda de amistades femeninas, pese a su estado de salud, no dudará en viajar frenéticamente de Lowell (Massachusetts), donde vive Mrs. Nancy

Locke-Richmond —la «Annie» de sus últimos poemas— y Providence (Rhode Island), domicilio de Mrs. Sarah Whitman, poetisa espiritualista de la que también está enamorado y a la que llegará a pedir en matrimonio. Se multiplican además las crisis etílicas, que le producen una parálisis facial y provocan la anulación —23 de diciembre de 1848— de su boda con Mrs. Whitman, que había puesto como condición para casarse con Poe el abandono de la bebida. El año final de su vida —1849— comienza bajo buenos auspicios: trabaja de manera frenética en casa de su tía Maria Clemm, revisa su texto teórico más importante, *El principio poético,* que había dado a conocer en una conferencia ante más de dos mil personas el año anterior, y sigue buscando fondos que hagan realidad su proyectada revista literaria. El 24 de septiembre viaja de Richmond a Baltimore, y pocos días más tarde, el 3 de octubre, un transeúnte lo encuentra, inanimado, en una calle: cuatro días más tarde moría de congestión cerebral en un centro hospitalario de esa ciudad.

La moralidad puritana

Cierto: en esta somera biografía ya pueden apreciarse algunos hechos objetivos que bastan para dar asiento a cualquier leyenda: padres alcohólicos, huérfano temprano, un matrimonio consanguíneo, la miseria constante, el repetido alcoholismo familiar como una tara genética, fracasos periodísticos, sueños incumplidos como el de poseer una publicación propia, polémicas y odios. Desde mediados del siglo XIX, la crítica literaria, mezclando moralidad y literatura y partiendo del testimonio de Rufus Griswold, albacea testamentario de Poe, no ha dejado de convertir al poeta norteamericano en arquetipo de locura y del mal. Empezando por su difusor en Europa, el poeta francés Charles Baudelaire, que lo vistió con la leyenda del escritor maldito tocado por la locura, tan caro al romanticismo.

Hay quienes piensan que Poe, al nombrar a uno de sus enemigos como albacea, pretendió dejar escrita la última de sus farsas: porque Rufus Griswold, un mediocre escritor que había sido blanco de sus mordacidades, aprovechó la oportunidad para tejer una leyenda en la que entran mentiras y falsificaciones, y en la que, pegados a la carne de Poe, hechos cuerpo en él y con él, figuran los contenidos de sus relatos, las desviaciones de sus personajes: perversiones y esquizofrenias, necrofilias y masoquismos, epilepsias y alcoholismos. De poco sirvió que algunos de sus amigos, sobre todo George Graham, John Neal y Sarah Whitman, entre otros, que lo habían conocido de cerca y tratado, intentaran restablecer la verdad biográfica: era más «literaria» la imagen que ofrecía Griswold de un escritor empapado en alcohol, víctima de sus propios nervios, rayano en la esquizofrenia en muchas ocasiones, al que una noche de octubre de 1849 alguien encuentra tirado en una calleja de Baltimore en estado febril y moribundo.

Dos días después de su muerte, Griswold iniciaba la operación de venganza contra las humillaciones recibidas; en un artículo firmado con el seudónimo de Ludwige, daba gracias a la generosidad de la Providencia por haberse llevado de este mundo a quien le había nombrado su albacea: «Edgar Allan Poe ha muerto. Murió en Baltimore anteayer. Esta noticia sorprenderá a mucha gente, pero pocos sentirán pena».

Más que estas líneas, que, sueltas, apenas tendrían más peso que el de una frase malévola, era el contenido del artículo lo que determinaba las líneas del rostro físico y moral de Poe: «En el conjunto, la cabeza era realmente detestable. Si se la miraba de frente, el desarrollo audaz y expresivo de la frente llamaba la atención y el observador no reparaba en la atrofia de la bóveda craneana. Un examen de perfil sacaba sus imperfecciones a plena luz. Por delante y por detrás había una enorme masa de cerebro, pero era reducido o inexistente en la parte superior y entre las dos masas. En términos más concisos, el área basilar poseía un poder inmenso, a un tiempo intelectual y animal. El área coronal era imperfecta. Encerraba poco sentido moral, y menos veneración aún».

Ese artículo, donde se sientan las bases físicas y morales de la perversión intrínseca del poeta, no era más que el principio: Griswold dedicó todo un año en perpetrar el prólogo que aparece al frente del tercer tomo de obras póstumas (1850): ahí juega con las ambigüedades y las mentiras a medias para dejar un retrato infame del escritor: utiliza para ello los valores y prejuicios de una moralidad puritana, la imprecisión constante que deja en la mente del lector datos negativos, más negativos todavía por ser imprecisos; según Griswold, Poe se dedicaba «al juego, a la falta de templanza y demás vicios», llevaba una vida «disipada», llena de «irregularidades» y «debilidades».

Griswold aducía datos, falseándolos: convierte, por ejemplo, la negativa de sus padres adoptivos, John y Frances Allan, a seguir pagándole los estudios en la Universidad como castigo a las deudas que el joven Poe contraía, en «expulsión de la Universidad» de Virginia. La manipulación de la correspondencia entre Griswold y Poe nos muestra también el retrato de un crítico literario bilioso, lleno de envidias y complejos, que se divierte atacando a sus rivales por el solo hecho de serlo.

Poe en Europa

Mientras en Estados Unidos y en Inglaterra todas las ediciones de Poe aparecían encabezadas por el prólogo de Griswold, en Francia, tres años después de su muerte, Charles Baudelaire publicaba *Edgard Allan Poe, su vida y sus obras,* sin apenas conocer ni la vida ni la obra del novelista norteamericano, y basándose en dos artículos anónimos aparecidos en una revista literaria, el *Southern Literary Messenger.* Artículos que, escritos a partir de los datos falseados y las calumnias inventadas por Griswold, fueron difundidos por Baudelaire: ese Poe es el que iban a conocer las sucesivas generaciones de poetas románticos, simbolistas e incluso surrealistas, desde Mallarmé y Rimbaud a André Breton.

De Francia, la leyenda pasa al resto de las lenguas europeas; hasta el punto de que todas aceptan el título con que Baudelaire bautizó su primera antología de cuentos de Poe: *Historias extraordinarias;* y hasta el punto de que, por ejemplo, las primeras traducciones castellanas se hicieron a partir de la versión francesa de Baudelaire, y no del texto inglés.

Pero a Baudelaire, en un primer momento, más que el escritor —«de las obras de este singular genio hay poco que decir»—, le interesó la figura falseada por Griswold, ese retrato de escritor raro, amoral, de vida disipada, el escritor maldito que, en última instancia, justificaba en cierto modo la vida y la obra del autor de *Las flores del mal:* de ahí que, para Baudelaire, la obra maestra de Poe sea su muerte: «Esa muerte es casi un suicidio, un suicidio preparado hacía mucho. Por lo menos provocó escándalo. El clamor fue tan grande y la *virtud* dio carrera a su *canto* enfático, libre y voluptuosamente [...]. ¡Tanta desdicha para levantar un torbellino de fraseología burguesa, para convertirse en su pasto y en tema de los periodistas virtuosos [...]. Porque los detractores de Poe habrían debido observar que seducciones tan potentes "no pueden ser más que virtudes"».

Baudelaire captó el sentido de la obra poeiana, que para él mostraba «de una manera impecable, sobrecogedora y terrible *la excepción en el orden moral*», pero prefirió ver la obra como explicación y resultado de un personaje entregado a la ebriedad y la opiomanía. Verdad es que nadie hasta entonces había hablado de opio en el caso de Poe, que fue invención de un Baudelaire aficionado a los paraísos artificiales creados por el opio. Pero el empleo de esa droga permitía calificar uno de los ingredientes básicos de los relatos de Poe —la imaginación— como alucinación, cuando hasta un enemigo del novelista, el médico y periodista Thomas Dunn English [1], había negado esas insinuaciones.

El segundo momento de la falsificación biográfica de Poe lo produce la crítica psicoanalítica de una discípula de Sigmund Freud: Marie Bonaparte, autora de un monumental estudio que tiene la pretensión de explicar todo, hasta los menores detalles, a partir de las herramientas que le prestaba el freudismo más ortodoxo: el juego de los instintos de vida y muerte, con el mito de Edipo como punto de partida, para investigar los traumas que habría sufrido Poe desde el inicio de su vida. Pero Marie Bonaparte reconoce haber utilizado como base la biografía de Hervey Allen, *Israfel: The Life and Times of Edgar Allan Poe* (1926), que, concebida en principio como una novela, responde más a la ficción que

---

[1] Redactor jefe de la revista *Aristidean,* en la que Poe colaboró en 1845, perdió el proceso por difamación que el autor de *El pozo y el péndulo* planteó contra él por haberle tachado de borracho. Cincuenta años más tarde, en 1896 tildaba de calumnia las insinuaciones sobre Poe y el opio, en una serie de artículos en los que su animosidad no dejaba de aprovechar otras calumnias.

a la documentación; y cuando recurre a ésta, Allen admite las aportaciones de Griswold y cualquier sugerencia sensacionalista que encuentra en los textos anteriores sobre el biografiado.

Habría que esperar hasta 1941 para que se restableciese la verdad biográfica; el primero en hacerlo fue Arthur H. Quinn, *Edgar Allan Poe: A critical biography* (Nueva York, 1941), seguida dos décadas más tarde por Edward Wagenknecht: *Edgar Allan Poe: The Man behind the legend* (Nueva York, 1963); ambas fueron acusadas enseguida de edulcorar y tratar de lavar la imagen «fuerte» del novelista, que, liberada de sus falsedades, dejaba de servir para la prédica contra el mal. Georges Walter, el biógrafo más reciente de Poe, sigue los caminos documentales abiertos por Quinn: *Enquête sur Edgar Allan Poe, poète américain* (París, 1998), sienta con toda claridad los hechos y los datos que liberan al escritor de esa aureola de malditismo que le ha perseguido durante más de una centuria.

El cuento como género

Tradicionalmente, las historias de la literatura ven en Edgar Allan Poe el inventor de un género literario que, aunque no nuevo, debe al «poeta del horror» unas características precisas. Desde la Edad Media pueden aducirse ejemplos de apólogos, fábulas y relatos: empezando por el *Calila e Dina* que aporta a Europa, a través de la lengua castellana, la primera antología de relatos del mundo oriental; el género de narración breve adquiriría incluso un desarrollo básico para el nacimiento de la novela moderna, para la aparición de *El Ingenioso Hidalgo Don Quijote de la Mancha,* que no hubiera podido producirse sin los antecedentes de los *novellini* italianos, tan conocidos en los albores del Renacimiento: colecciones como *El Decamerón* boccacciano y las *Historias trágicas y ejemplares* de Mateo Bandello. En esos dos ejemplos está perfectamente estructurado el género narrativo menor, el cuento como tal, que gozará en España de gran boga durante el siglo XVII, a través de las *Novelas ejemplares* cervantinas y de las «novelas cortesanas», nuevo enfoque, aunque sustentado en los principios del *novellino* italiano, aprovechado fructíferamente en nuestra lengua por Lope de Vega *(Novelas a Marcia Leonarda)* y doña María de Zayas *(Novelas ejemplares y amorosas),* entre otros.

Mas casi todos estos ejemplos poseían un carácter común, marcado en su esencia por la narrativa oriental trasvasada a través del *Calila e Dina,* y por la graciosa articulación de los cuentos ensamblados de *Las mil y una noches* (aunque este libro no se conocería hasta varios siglos más tarde en Occidente).

Habrá que esperar hasta el siglo XIX para que el cuento se produzca «exento», es decir, liberado del monumento grandioso que es la estructura novelesca: el siglo XVII no hizo sino mantener ese viejo esquema en sus representantes más conspicuos y dedicados al género con una perspectiva totalmente medieval y renacentista en cuanto a estructuración: tanto en Voltaire, cuyas *Novelas y cuentos* tienen tal perfume oriental que en más de una ocasión se han editado desde esa perspectiva: Galland acababa de traducir entre 1704 y 1717 *Las mil y una noches,* y este libro bastó para inundar muchas desde las imaginaciones más claras del siglo; la de Voltaire respondió con casi la mitad de sus cuentos ambientados en ese mundo. En cuanto al marqués de Sade, en sus *Ciento veinte jornadas de Sodoma* no hace de hecho sino repetir —con otras implicaciones, por supuesto— la técnica ya conocida.

En el siglo XIX, el cuento va a darse «autónomo», es decir, con valores por sí mismo. Si los franceses Mérimée y Balzac rompen el fuego, serán dos estadounidenses, Hawthorne y Poe, quienes logren situarlo en una autonomía esencial. Y de estos dos escritores, sólo el último conseguiría algo insospechado hasta entonces: que un cuento sea tan importante, por su profundidad, por su técnica, por el mundo de relaciones que engloba, por al red intrincada de tensiones que crea en el lector, como una novela. A partir de Poe hay grandes narradores que sólo han escrito algo hasta entonces considerado menor: cuentos. Y en nuestra propia lengua poseemos una muestra relevante: el nombre de Jorge Luis Borges.

Con Poe cambia cualitativamente el género porque, como perspicaz analista literario, va a considerar la literatura como un *arte,* como un *artificio,* en los comentarios de composición de su famoso poema *El cuervo;* en definitiva, como un enjuague de elementos literarios heredados de la tradición a los que el autor, cada autor, aporta algo personal; como una manipulación de herramientas, como un empleo de trucos y recursos que son propios, exclusivos, de un oficiante del gremio literario: ese artesano especial, de poderes, métodos y útiles perfectamente definidos, será el autor, el escritor. Y si nos aplicamos al cuento, no son escasos los textos y artículos en que Poe —comentando su propia obra o libros ajenos— teoriza.

Aplicando los principios de la *Poética* aristotélica al relato, Poe señaló la vía que iba a recorrer la novela corta contemporánea, cuya base de tierra es la creación de una determinada tensión en el lector, una tensión semejante a la que estructura un poema lírico, y que se disuelve en el desenlace. El cuento no va a ser a partir de entonces una novela en pequeño, una «novela corta»: es una articulación esencial, fundamentalmente distinta, de elementos fuertemente concentrados y destinados a un fin: digámoslo con sus propias palabras: Poe busca «un cierto efecto singular y único que hay que conseguir», para lo cual

> ... imagina unos incidentes [...], combina los acontecimientos de modo que todo contribuya de la manera más eficaz a que dicho efecto preconcebido se produzca. [...] No debe haber en toda la composición ni una sola palabra cuya tendencia no se dirija, directa o indirectamente, a lograr el propósito preestablecido. Empleando dichos medios con el mayor cuidado y con toda la habilidad posible, se obtendrá un cuadro pintado con tal esmero que ha de producir en el espíritu de quien lo contemple con las debidas facultades un sentimiento de plena satisfacción.

De los comentarios de Poe se desprende que todo ha de quedar orientado a la captación del lector, prendido entre las redes tendidas por el autor; redes que en los cuentos serán misterio, presentación de un mundo narrativo perfectamente marcado y aderezado en función del clima del relato hasta en los menores detalles: obsérvense, por ejemplo, las estancias donde transcurre la acción de relatos como *El hundimiento de la casa Usher* o *El retrato ovalado,* donde las descripciones de luces, cortinajes, etc., van creando la tensión, preparando al lector para una atmósfera irreal en la que, sin embargo, los hechos resultan verosímiles (narrativa, racionalmente verosímiles); y todos esos elementos que pueden parecer externos a la esencia misma de lo narrado, adyacentes y ornamentales, no son lo que parecen en última instancia, sino el tirón que arrastra de forma lenta pero inexorable hacia un momento único, de ruptura dramática con la disolución de la tensión en el momento del desenlace.

El propósito estético no está, por tanto, en un lenguaje literariamente exquisito: todo se ordena al misterio, al terror y a la fantasía, claves temáticas del conjunto de los relatos de Poe. No estamos ante cuentos «bien escritos», entendiendo por tal expresión una acaramelada literatura ornamental y vacua, sino ante cuentos escritos para que el lector, como expresa la última frase de la cita, quede sometido al dominio del autor. Que esto se cumple sobradamente lo demuestran sus mejores cuentos, en los que el lector, atrapado, ha de pegarse a la letra del relato para liberarse, con el desenlace, de la obsesión sutilmente creada por los planteamientos; unos planteamientos desnudos de accidentes externos al final: la pureza —que supone economía— de los medios dista mucho del recurso más típico de las novelas policiacas al uso contemporáneo, que estriba en perder al lector en una maraña de datos falsos que oculten precisamente el elemento eje; porque, incluso en sus cuentos detectivescos *—Los crímenes de la calle Morgue—,* Poe hace hincapié no en el burdo despiste del lector: lo que le interesa es seguir el proceso de raciocinio que lleva a M. Dupin —antecedente directo de Sherlock Holmes— a la resolución del misterio.

Los cuentos de Poe

Una división sumaria del conjunto de relatos de Edgar Allan Poe lo dividiría:

a) Cuentos terroríficos, o de horror, que a su vez podrían subdividirse en aquellos que suscitan horror por su argumento y aquellos otros en que se emplean recursos atmosféricos o sobrenaturales para la creación de ese clima.

b) Cuentos de ciencia-ficción, en los que Poe sienta las bases de un género al que Julio Verne aportaría maneras más ingeniosas y amenas, aunque más superficiales, en su temática de victoria y superación, mediante la ingenuidad científica de un problema o aventura que exige al ser humano la tensión total de su cuerpo y mente *(El escarabajo de oro,* por ejemplo).
c) Cuentos de misterio y detectivescos, que se orientan un poco en esa línea de superación del ser humano, aplicado ahora a la resolución de unos interrogantes que logra despejar mediante un raciocinio lógico y riguroso.
d) Los cuentos tildados de menores, de tema satírico o humorístico.

Dejando de lado estos últimos, la primera de estas divisiones contiene quizá la mayoría de las obras maestras de Poe, desde *El pozo y el péndulo* hasta *El hundimiento de la casa Usher.* En el primero, Poe utiliza una entrada *in media res:* desde la cuarta línea del relato el lector se encuentra situado, dramáticamente situado, en la pesadilla, frente a un tema de horror que guía el suspense; late por debajo —lo mismo que en *El hundimiento de la casa Usher*— una angustia subterránea que el lector desconoce y que el protagonista encarna, pero cuyas causas no se entretiene en contar el autor: nos pone en contacto inmediato con el castigo, y sus terrores —que son distintos en ambos relatos aunque posean un denominador común—: el problema del mal, un *mal* anterior a la acción; en un caso parece ser producto del enfrentamiento con la Inquisición; en el otro intuimos un mal genealógico, misterioso, que ha pasado de sangre a sangre por la misma familia hasta llegar al protagonista, en quien se ejemplifica el castigo; es una especie de mal atávico, de pecado transmitido inmemorialmente lo que paga el último habitante y descendiente de la casa Usher.

Otros relatos de la serie incluirán personajes demoniacos que incumplen cualquier verosimilitud real sin faltar a lo verosímil narrativo; pero todos ellos apuntan a un mundo subyacente a la corteza terrestre, demoniaco pero inserto en el espíritu del hombre; a un mundo corroído por la insania, por la demencia, por la perversión y el mal, por el poder de fuerzas ocultas, por el dominio del inconsciente: *El enterramiento prematuro, El retrato ovalado, El caso del señor Valdemar, El corazón delator, El barril de amontillado* son los mejores ejemplos de ese terror solapado en el que aparece nítidamente la obsesión necrofílica como un dato más, como un dato perturbador.

La exposición que Poe hace en sus mejores cuentos de obsesiones —desde esa necrofilia a los matices de sadismo, desde el gusto por la fuerza mental o física como en Dupin *(Los crímenes de la calle Morgue)* a la astucia y la habilidad— van revelando a un analista riguroso un trasfondo psicológico que Marie Bonaparte adjudicó al autor en *Edgar Allan Poe. Sa vie, son œuvre,* para, fijándose en un hecho capital —el análisis que Poe hace de los terrores que invaden al ser humano por una excesiva sensibilidad dañada, por una inteligencia atenta a los matices y pliegues más recónditos del espíritu—, tratar de elaborar un mapa de la mente de Poe, de sus terrores y obsesiones, de sus mecanismos de elaboración de pensamientos, pesadillas, sueños, fantasías y deseos. Han sido muchos los estudiosos que han seguido ese camino, hoy en retroceso frente a los nuevos documentos y las nuevas tendencias de la crítica, que se fijan sobre todo en el hecho literario de forma autónoma.

Poe no fue víctima nunca del espanto y del horror de las historias que contaba; sabe cuándo se adentra por una pesadilla, hasta el punto de advertir en las páginas iniciales de *El enterramiento prematuro:* «Existen ciertos temas cuyo interés es absorbente, pero que son demasiado horribles para servir de argumento legítimo para una obra de mera ficción. Los simples novelistas deben evitarlos si no quieren ofender o desagradar». La lectura psicoanalítica de Poe tuvo en Sigmund Freud el primer observador atento y lúcido: en la nota introductoria con que el padre del psicoanálisis prologaba la biografía escrita por Marie Bonaparte, ponía el dedo en los límites de cualquier intento de interpretación psicologista. Tras advertir las tendencias patológicas de Poe recogidas por su alumna —no olvidemos la debilidad de la documentación en que Bonaparte se basaba—, y elogiar los frutos conseguidos con el libro, Freud comentaba con tino:

> Gracias a su trabajo de interpretación, ahora se comprenden cuántos caracteres de la obra fueron condicionados por la personalidad del hombre, y también puede verse que esa personalidad era el residuo de poderosas fijaciones afectivas y de acontecimientos dolorosos que datan de su primerísima juventud. Tales investigaciones no pretenden explicar el genio de los creadores, pero muestran qué factores los han puesto en guardia y qué clase de materia le ha sido impuesta por el destino.

La importancia que Marie Bonaparte da al mundo femenino que rodeó a Poe: madres, primas, amores, etc., es excesiva; sin embargo, podemos ver, de su mano y de la de otros críticos, algunas de las interpretaciones sobre los cuentos recogidos en esta antología.

El protagonista de El *hundimiento de la casa Usher* sería para la psicoanalista un fantasma del retorno de la madre, que se concreta en una hostilidad hacia la esposa-hermana, esa Madeline-Virginia; Bonaparte no tarda en deducir que Usher-Poe es castigado por haber sido infiel a su madre al amar a Madeline-Virginia; y también por su sadismo, evidente en las relaciones de Roderick con su hermana; para Leo Spitzer, sin embargo, el cuento sería «la expresión poética de las ideas de determinismo sociológico por las que un ser orgánico debe ser explicado por su medio.»

Con *El retrato ovalado,* Poe insiste en sus ideas sobre la creación artística y el sentido de la obra de arte, a través de ese pintor megalómano cuyo fracaso se percibe desde el principio; la búsqueda de la verdadera vida, de una relación entre el alma y la vida, que tanto preocupaba a otros contemporáneos de Poe —por ejemplo, a Nathaniel Hawthorne, el autor de *La letra escarlata*—, incluía en la versión que apareció en el *Graham's Magazine* un párrafo introductorio que el propio Poe eliminó después, y que no tenía nada que ver con el relato, pero que mencionaba el opio, preparando al lector para el relato de una alucinación.

El barril de amontillado parece aprovechar varios modelos de textos firmados por Balzac o Bulwer Lytton, entre otros, aunque no deja de ser universal el tema del emparedado vivo; se le han encontrado resonancias autobiográficas, que trasladarían el contexto del cuento al enfrentamiento de Poe con Thomas Dunn English y el proceso por difamación que siguió a sus desavenencias. El novelista R. L. Stevenson —nada partidario en sus apreciaciones de la genialidad de Poe— quiso centrar todo el espíritu del relato en el disfraz carnavalesco de Fortunato, el gorro de cascabeles y el traje de bufón. «Una vez que Poe acertó a vestir a su víctima grotescamente halló la clave del cuento.» Para Marie Bonaparte, sin embargo, es un cuento menor desde el punto de vista psicológico, pese a lo cual no deja de parecerle una nueva ilustración del complejo de Edipo de Poe.

En cuanto a *Los crímenes de la calle Morgue,* está considerado como un antepasado de la novela policiaca: el propio Conan Doyle lo considera el fundamento del género en el que el inventor de Sherlock Holmes iba a obtener tantos éxitos. Pero una primera lectura de *Los crímenes de la calle Morgue* dejaría de lado la originalidad auténtica de la obra, que no radica en la intriga policiaca ni en la astucia de las deducciones del investigador, sino en la habilidad de Poe para convertir un cuento de aventuras en un perfecto retrato psicológico. Mientras que para Marie Bonaparte forma parte del ciclo de la madre asesinada, con recuerdos infantiles y obsesiones de la primera juventud, en clave dentro del relato.

El manuscrito hallado en una botella pertenece a un género absolutamente distinto de los anteriores; se trata de una de las primeras composiciones del escritor, que logra crear, según los críticos que más lo valoran, una atmósfera inexplicablemente terrible; otros destacan esa facilidad, ese don de Poe para armar situaciones con cien palabras. No deja de ser un *pastiche* de temas y autores diversos, escrito en una época en que Poe convertía en blanco de sus sátiras a los autores de viajes extravagantes, tan abundantes en la época.

El pozo y el péndulo, uno de los cuentos magistrales de Poe, irritaba sobremanera a Stevenson por haber escamoteado al lector lo que el personaje vio en el fondo del pozo, detalle éste que, sin embargo, acrecienta la dosis de misterio. Marie Bonaparte interpreta la Inquisición como clave del padre: el protagonista sería una víctima del sadismo de la autoridad, psicológicamente encarnada siempre por los padres; mezclando símbolos, el hombre-padre = el péndulo y la mujer-madre = el pozo, diagnostica un fantasma de regresión, de retorno al cuerpo materno.

En cuanto a *El enterramiento prematuro,* aunque está considerado como un cuento de espanto y terror, contiene aspectos sarcásticos y cómicos que consiguen —gracias a la burla— la sublimación del terror; según Marie Bonaparte, también se inscribe entre los relatos del «retorno al cuerpo materno».

En *El caso del señor Valdemar* Poe recurre a cierto tono científico que rápidamente fue rechazado por la prensa científica y algunos lectores. El propio Poe nos habla en uno de sus trabajos en prosa, *Marginalia, I,* de las secuelas de la publicación del relato en Londres, donde fue considerado precisamente como informe científico sobre una experiencia hipnótica o mesmérica; ese tono debía de haber puesto a los lectores sobre aviso de que se trataba de un cuento que no retrocedía ante detalles descriptivos por repugnantes que fuesen. Poe se alegró de las reacciones, que suponían el triunfo de su «teoría del efecto». Además, había dado la clave del engaño en el seudónimo de Valdemar: Isacar, prototipo de necios, el asno del Génesis.

El corazón delator, finalmente, fue uno de los relatos más despreciados por ciertos medios literarios de Boston; basado en un relato de Dickens, Poe se despega de la fuente para abordar el tema de la identificación psicológica del asesino y su víctima, hasta el punto de que el narrador confunde los latidos de su corazón con los de esa víctima. Se trata de uno de los relatos que tienen temas bíblicos —aquí, el de Caín— por base, abordado desde una alucinación auditiva. Marie Bonaparte lo incluye dentro del ciclo de la revuelta contra el padre: el asesino mutila a su víctima en un gesto que no deja de ser una castración simbólica; en los rasgos del anciano asesinado se han querido ver los varios padres —naturales, adoptivos— de Poe, que libra un combate edípico cuyo premio es la madre.

Estas breves sugerencias sobre los relatos antologizados en este volumen permitirán al lector adentrarse por ellos con unas claves en principio bastante alejadas del texto; no obstante, una lectura en profundidad, y una lectura completa de Poe, así como un análisis de los hechos biográficos relacionados con su escritura, han de facilitar acercamientos distintos a su obra, acercamientos que se producen no por la vida literaria, sino por un entramado de enfoques —biografía, análisis psicológico, relaciones de época—, pero que bien realizados no dejarán de enriquecer la lectura y la interpretación.

MAURO ARMIÑO

CRONOLOGÍA

1809. El 19 de enero nace en Boston Edgar Allan Poe, hijo de dos actores de teatro, Elisabeth Hopkins Poe y David Poe; este último desaparecerá poco después.

1811. Muerte, el 8 de diciembre, de la madre de Poe en Virginia, donde se halla su compañía ambulante. Edgar es recogido por un rico comerciante, John Allan; su esposa, Frances Allan, de salud débil, cuidará del niño.

1815. John Allan se traslada a Inglaterra para fundar una sucursal de su negocio, acompañado por su familia. Instalado en Londres, envía a Poe a las mejores escuelas londinenses.

1820. Regreso a Richmond de la familia Allan, cuyo jefe recibe una cuantiosa herencia que anima sus ambiciones aristocráticas. Poe frecuenta las mejores escuelas de la ciudad.

1826. Ingreso de Poe en la Universidad de Virginia, el 14 de febrero, tras despedirse de Elmira Royster, con quien se sentirá desposado pese a la oposición paterna. Estudia cursos de lenguas modernas (francés, español, italiano) y antiguas. Sus diferencias con

John Allan le han recortado el dinero de su mantenimiento. Contrae deudas de juego, paga con el crédito de Allan, que se negará a inscribirle al año siguiente en la Universidad de Virginia.

1827. Regreso de Poe a Richmond, donde descubre que sus cartas a Elmira fueron interceptadas y que la joven está prometida. Ante las discusiones que mantiene con su padre adoptivo —Allan hizo la adopción sólo para complacer a su esposa, que siempre permaneció muy vinculada al joven—, Poe huye a Boston, donde publica por cuenta propia *Tamerlane and Other Poems,* que no obtiene ninguna resonancia. El 26 de mayo se enrola en el ejército y es destinado por trece meses a Fort Moultrie, en la isla Sullivan, en Carolina del Sur; durante ese tiempo trata de abrirse camino entre la sociedad aristocrática de Charleston, pero sin éxito.

1829. Es trasladado a la fortaleza Monroe, en Virginia, pero consigue romper su contrato con el ejército. Poco antes ha muerto su valedora, Mrs. Allan. Trata de ingresar en West-Point.

1830. Mientras aguarda su ingreso en la Academia militar, Allan firma su testamento, en que deja su fortuna a dos hijos naturales que tenía; a Poe le otorga una asignación que no basta para los gastos necesarios una vez que consigue ingresar en West-Point.

1831. Rompe definitivamente con Allan y se hace expulsar de la Academia militar; inmediatamente publicará, por suscripción, *Poems, second edition,* y se refugiará en Baltimore, en casa de su tía Maria Clemm. Sumido en la miseria, descubre el periodismo y escribe cuentos satíricos.

1833. *El manuscrito encontrado en una botella* es premiado por el *Saturday Visiter* de Baltimore. Empieza la notoriedad, todavía local, de Poe.

1834. Poe trata de reconciliarse, sin éxito, con Allan, que morirá el 27 de marzo sin dejarle nada.

1836. Sus críticas literarias le llevan a una situación difícil: es acusado de mezquindad, de envidia, de locura obsesiva. Un análisis de Coleridge y de los poetas metafísicos le lleva a hacer el primer intento de análisis textual: la literatura está en el texto y las relaciones entre los elementos estilísticos y estructurales. Ésa será la primera muestra del interés de Poe por el lenguaje. Por épocas parece entregarse al alcohol, que provoca en él crisis nerviosas; sufre también de soledad. El 16 de mayo se casará con su prima Virginia, hija de Mrs. Clemm, que aún no ha cumplido los catorce años. Se instalan en Richmond, viviendo del escaso salario de Poe; a finales de año rompe con el director de su periódico, el *Southern Literary Messenger.*

1836. Deja Richmond en febrero, contratado por la *New York Review,* que poco después, debido a una crisis financiera, no puede darle trabajo. Poe vive con Virginia y Mrs. Clemm, que ha abierto una pensión.

1838. Aparición de *The Narrative of Arthur Gordon Pym.*

1839. Poe empieza a trabajar en el *Burton's Gentleman's Magazine,* donde aparecerán parte de sus mejores cuentos. A finales de año consigue editar un volumen con ellos: *Tales of the Grotesque and Arabesque.*

1841. Tras la ruptura, en el año anterior, con Burton, trata de fundar una revista que le convierta en el árbitro de la América literaria; pero su plan fracasa. Instalado en Filadelfia, trabaja de junio de 1841 a mayo de 1842 en el *Graham's Magazine,* que convertirá en la mejor revista literaria de la época, con relatos como *Los asesinatos de la calle Morgue, La isla del Hada, Un descenso en el Maëlstrom,* etc.; también colabora en otras revistas, a la vez que revisa sus poemas en nuevas versiones.

1842. La salud de Virginia decae: durante varios meses permanece entre la vida y la muerte, sanando pero sufriendo recaídas que angustian a Poe; publica en ese año *El retrato ovalado, La máscara de la muerte roja, El misterio de Marie Roget, El pozo y el péndulo.* Deja el *Graham's,* para tratar de obtener un puesto en Aduanas y preparar su proyecto de una gran revista que le convierta en árbitro de la literatura americana, *The Stylus.*

1843. Los amigos tratan de que ingrese en la Administración para sobrevivir sin agobios; pese a las influencias, un viaje a Washington, donde le han preparado una entrevista con el presidente de Estados Unidos o con su hijo, es un desastre; se emborracha, falta a la cita y huye a Filadelfia, donde vivirá en la miseria.

1844. En abril se instala en Nueva York, viviendo de sus cuentos y poemas, únicos ingresos. Pero no llega a imponerse: por eso ha de aceptar un puesto subalterno en el *New York Mirror,* ofrecido casi por compasión.

1845. El 28 de febrero, en el *Evening Mirror* aparece «The Raven», rápidamente publicado en otros periódicos y revistas. Su éxito no tenía precedentes en las letras americanas. Escribe habitualmente en el *Broadway Journal,* que desprecia, pero que le va a servir para lanzar controversias periodísticas con las que cuenta para «hacer fortuna». Desde sus páginas lanzará la «guerra Longfellow», a quien acusará de plagio. Un corresponsal anónimo atacó entonces *The Raven;* Poe aprovechó la ocasión para lanzarse a una campaña sensacionalista que duró cinco semanas entre ataques virulentos y algo despreciables. La reputación de Poe quedó bastante dañada. Se convierte en redactor jefe del *Broadway Journal,* y poco después en el único propietario de una revista que no será, sin embargo, la que él soñara. Sus pullas contra los bostonianos, que le habían invitado a leer sus poemas en el Boston Lyceum, habían de ganarle ataques y sátiras que menoscabarán su reputación. Se endeuda para sufragar la vida del periódico, que terminará su existencia el 3 de enero de 1846. Este año de 1845, sin embargo, ve publicada una antología de sus *Tales* en julio, y *The Raven and other poems* en noviembre. De hecho ha alcanzado la celebridad y controla los círculos literarios de Nueva York, en los que conoce a una poetisa de renombre, Mrs. Osgood; la amistad adquirirá pronto un tono pasional.

1846. Fracasan sus intentos de una gran revista literaria. Se engolfa en lamentables querellas con las poetisas neoyorquinas Mrs. Ellet y Miss Lynch; inicio de los años de miseria y enfermedad. En mayo se traslada a Fordham, medio rural cercano a Nueva York que le alivia momentáneamente. Poe enferma mientras la salud de Virginia empeora. No puede escribir y la miseria amenaza. En París su nombre suena como celebridad gracias a un proceso sobre la traducción de uno de sus relatos.

1847. Virginia muere el 30 de enero. Poe enferma gravemente, debido con toda probabilidad a una congestión cerebral. En agosto, curado, vuelve a intentar en Filadelfia su gran revista; fracasa y ha de volver a Fordham, otra vez enfermo.

1848. Revista *Eureka,* que había escrito el año anterior. El editor Putnam le pagará como adelanto por ese título catorce dólares. Se dedica a ensayos como los *Marginalia* y *The philosophy of Verse.* Cede ante la importunidad de Mrs. Estelle Anna Lewis, corrigiéndole los versos por algunos dólares y elogiando sus méritos en algunos artículos en cuyo fondo late la ironía. Invitado en Lowell a dar una conferencia en junio de 1848, conocerá a Mrs. Nancy Locke Heywood Richmond, que se convertirá pronto en la «Annie» de los poemas. En septiembre viaja a Providence, donde pedirá la mano de Mrs. Sarah Helen Whitman, poetisa que le había escrito en términos exaltados. La vacilación de Mrs. Whitman, aconsejada por sus amigos, hace que a principios de noviembre, tras una noche de insomnio, compre dos onzas de láudano y trague «más o menos la mitad». Parece que hubo más «escenificación» que intento de suicidio; a los pocos días, Mrs. Whitman acepta casarse con él con la condición expresa de abandonar la bebida. Se concierta la boda para finales de diciembre en Providence; cuando tras una conferencia va a casa de su prometida, ésta, advertida por una mano anónima sobre la persistencia alcohólica de Poe, le rechaza. No debió causar mucha angustia en Poe, que volvió a Mrs. Richmond.

1849. Trabaja en la revisión de *Poetic Principle,* escribe críticas y sigue publicando cuentos y poemas como «Annabel Lee», que verá la luz póstumamente. Da conferencias en diversas localidades; al parecer pidió la mano de Mrs. Shelton, su primera amiga de la adolescencia, ahora viuda. A finales de septiembre se traslada a Baltimore; en una de sus calles aparecerá inanimado el 3 de octubre; se le traslada delirante al hospital, donde muere el 7 de octubre. Todavía hoy son misteriosas las circunstancias y causas de esta muerte: desde crisis cardiacas, diabetes, congestión cerebral, intoxicación intestinal, hasta víctima de ojeadores al servicio de un partido político que le habrían drogado por la fuerza para hacerle votar varias veces en las elecciones legislativas que se celebraban ese día, las causas aducidas son muchas, pero todas carentes de fundamento. El ocho o nueve de octubre fue enterrado en esa ciudad.

1850. En enero aparecen los dos primeros volúmenes de las obras póstumas de Poe; antes de concluir el año aparecerá el tercero.

CUENTOS
DE HORROR

EL HUNDIMIENTO DE LA CASA USHER

DURANTE un día apagado, sombrío y silencioso del otoño, bajo el ciclo opresor de las nubes bajas, había yo viajado a caballo a través de una extensión singularmente árida de la campiña. Al fin, cuando las sombras de la noche iban cayendo, me hallé ante la vista de la melancólica mansión de los Usher.

No sé cómo fue; pero lo cierto es que al primer vistazo del edificio, un sentimiento insufrible de tristeza invadió mi espíritu. Digo insufrible, porque aquella sensación no era aliviada por ninguno de esos sentimientos semiagradables, por lo que puedan tener de poético, con que la mente suele recibir incluso las más torvas imágenes de lo desolado o lo terrible. Contemplé la escena que se extendía ante mí —el desnudo edificio, el sencillo paisaje, las paredes heladas, las ventanas vacías, que parecían ojos, los escasos arbustos y los blancos troncos caídos— con tan completa depresión de ánimo, que no puedo compararla con otra sensación terrena, sino con la que experimenta el fumador de opio al despertar de un sueño y pasar de nuevo a la vida diaria, y ver que el velo ilusorio ha caído de sus ojos. Había allí algo tan glacial, tan decaído, tan enfermizo, una desolación tan profunda, que se excluía todo estímulo imaginativo que pretendiera sublimarlo. ¿Qué era —me detuve a pensar— lo que me producía aquella depresión al contemplar la casa Usher? Era un misterio tan insoluble que ni siquiera podía concretar las oscuras fantasías que se atropellaban en mí durante la contemplación. Me vi forzado a volver a la insatisfactoria conclusión de que si bien está más allá de toda duda que existen combinaciones de simples objetos naturales que tienen el poder de afectarnos de este modo, carecemos aún de la facultad de analizar estas sensaciones. Era posible —reflexionaba conmigo mismo— que un simple arreglo de los elementos de la escena o de los detalles de aquel cuadro fuera suficiente para modificar o tal vez para aniquilar su capacidad de producir una impresión dolorosa. Y obrando en consecuencia, conduje mi caballo a la escarpada orilla de un negro y tétrico lago que yacía con un suave brillo junto a la casa. Miré hacia abajo para sólo conseguir un mayor estremecimiento, al ver reflejarse en las muertas aguas las repetidas e invertidas imágenes de los arbustos, de los árboles caídos y de las ventanas vacías como cuencas humanas.

A pesar de todo, en aquella lúgubre casa me proponía residir algunas semanas. Su propietario, Roderick Usher, había sido uno de mis alegres compañeros de infancia, pero habían pasado muchos años desde la última vez que nos vimos. Sin embargo, me había llegado a una alejada parte del país una carta de él, cuya anhelante demanda no admitía otra respuesta que mi presencia. Aquel manuscrito evidenciaba una nerviosa agitación. El que lo escribía hablaba de una enfermedad corporal aguda, de un trastorno que le oprimía y de un vehemente deseo de verme como a su mejor, y de hecho, único amigo, para ver si con la alegría de mi compañía conseguía algún alivio para su enfermedad. El modo como decía aquello y muchas otras cosas, junto con la aparente sinceridad que se reflejaba en su súplica fue lo que no me permitió vacilar, y en consecuencia, inmediatamente obedecí a lo que, pese a todo, seguía considerando una súplica bastante extraña.

Aunque de muchachos habíamos sido amigos íntimos, realmente yo no sabía mucho de él. Su reserva había sido siempre excesiva y habitual. Sin embargo, yo estaba enterado de que sus antepasados habían sido notables desde el tiempo inmemorial por una peculiar sensibilidad de temperamento que se había desplegado por espacio de muchos años, en muchas obras de arte superior y manifestado últimamente en obras de caridad magnífica, aunque nada ostentosa, así como en una apasionada dedicación a las intrincadas, quizá aún más que ortodoxas y fácilmente reconocibles bellezas de la ciencia musical. También había tenido noticia del hecho muy notable de que el tronco de la raza Usher, de tan antigua reputación, no había generado nunca ramas colaterales; en otras palabras: que toda su descendencia era por línea directa y siempre con muy insignificantes y temporales variaciones. Así había quedado. En esa deficiencia, considerada por mí mientras analizaba la perfecta armonía del carácter de la vivienda con el acreditado carácter de su gente, y mientras reflexionaba sobre la posible influencia que la una había ejercido sobre los otros; no podía menos de suponer que aquella misma deficiencia, unida a la consiguiente transmisión ininterrumpida de padre a hijo, de señor en heredero; a una identificación completa entre el patrimonio y la familia, fundiéndose el elemento real con el personal, era lo que a la larga los había identificado hasta el punto de fundir el título original con el curioso y ambiguo de «Casa Usher», nombre que parecía incluir en las mentes de los campesinos, siempre que lo usaban, la idea de la casa y de sus moradores.

He dicho que el solo resultado de mi algo pueril experimento —el de mirar dentro del pequeño lago— fue el profundizar más la primera y singular impresión que aquel paisaje me había producido a primera vista. No cabría duda de que la conciencia del rápido incremento de mi superstición —¿por qué había de llamarla así?— servía principalmente para acelerar su intensidad. Tal es, hace mucho tiempo que me he convencido de ello, la paradójica ley de todos los sentimientos que tienen por base el miedo. Y podía haber sido por esta razón únicamente por la que, cuando volví a levantar la cabeza de nuevo, trasladando la mirada del lago a la casa, se originó en mi espíritu una extraña fantasía que sólo menciono para mostrar la viva fuerza de las sensaciones que me oprimían. Había yo fatigado mi imaginación a tales extremos que llegué a figurarme que por toda la mansión y todo el dominio flotaba una atmósfera peculiar y privativa del lugar, una atmósfera que no tenía afinidad con el aire del cielo, sino que más bien emanaba de los podridos árboles y del verde valle y del silencioso lago —un vapor pestilente, pesado, inactivo, débilmente discernible, de tono plomizo.

Sacudiendo de mi espíritu lo que no pudo ser más que un sueño, escudriñé con más detenimiento el aspecto del edificio. Su principal carácter parecía ser la extraordinaria antigüedad. El decoloramiento a causa de los siglos había sido grande. Diminutos hongos se extendían por la fachada de la casa, tapizándola con el delicado entramado de su tejido y podredumbre. Sin embargo, todo esto nada tenía que ver con un deterioro extraordinario. La obra de albañilería no presentaba ninguna herida, aunque parecía existir un extraño desacuerdo entre el perfecto ajuste de sus partes y lo desmoronado de cada una de las piedras. En aquel inmueble había mucho que me hacía recordar la engañosa integridad de una antigua obra de carpintería, que se ha ido carcomiendo durante años en algún desván descuidado adonde no llega el beneficio del aire exterior. Aparte aquel aspecto de ruina general, el edificio, con todo, no daba la menor señal de inestabilidad. Tal vez el ojo de un observador minucioso hubiera podido descubrir una grieta apenas perceptible, que extendiéndose desde el techo de la fachada bajaba por la pared en zigzag hasta perderse en las tétricas aguas del lago.

Mientras pensaba en estas cosas, seguí por una corta calzada que conducía a la casa. Un mozo que aguardaba se hizo cargo de mi caballo y entré bajo la bóveda gótica del vestíbulo. Otro criado de paso silencioso me condujo desde allí, por varios oscuros e intrincados pasadizos, al estudio de su amo. Mucho de lo que encontré en el camino contribuyó, no sé cómo, a aumentar los vagos sentimientos de los cuales ya he hablado. Aunque los objetos que me rodeaban —las esculturas de los techos, las oscuras tapicerías de las paredes, la negrura de ébano de los pisos y los fantasmagóricos trofeos heráldicos que traqueteaban a cada pisada— eran para mí cosas a las que yo me había acostumbrado desde pequeño, me quedé sorprendido al comprobar que provocaban en mi ánimo impresiones desacostumbradas. En una de las escaleras me encontré al médico de la familia. Su semblante, pensé, reflejaba una expresión mezcla de baja trapacería y de perplejidad. Se cruzó rápidamente conmigo y pasó de largo. El criado abrió entonces una puerta y me condujo a presencia de su amo.

La habitación en que penetré era muy grande y muy elevada. Las ventanas, largas, estrechas y puntiagudas, estaban a tal distancia del negro piso de roble que resultaban completamente inaccesibles. Débiles rayos de una luz roja atravesaban las vidrieras y servían para ver con suficiente claridad los objetos más destacados; los ojos, sin embargo, luchaban en vano por distinguir los rincones de la estancia y el fondo del abovedado y calado techo. Oscuros tapices pendían de las paredes. El mobiliario, en general, era profuso, incómodo, anticuado y ajado por los años. Aquí y allá había diseminados varios libros, así como instrumentos musicales. Sin embargo, aquello no era suficiente para dar vida a la escena. Yo sentía que respiraba una atmósfera penosa. Un aire de severa, profunda e irremisible melancolía se cernía y lo penetraba todo.

Al verme entrar, Usher se levantó de un sofá donde había estado echado y me acogió con una calurosa efusión que se asemejaba mucho, según pensé desde el primer momento, a una exagerada cordialidad, al obligado esfuerzo de un hombre hastiado de la vida. Sin embargo, un nuevo vistazo bastó para convencerme de su absoluta sinceridad. Nos sentamos, y durante unos instantes que él guardó silencio lo contemplé con un sentimiento mitad de piedad y mitad de pena. ¡Seguramente, ningún hombre había cambiado tan terriblemente y en tan breve tiempo como Roderick Usher! Sólo con mucha dificultad pude identificar aquel ser que se hallaba ante mí con el compañero de mis primeros años. El carácter de su rostro siempre había sido notable. Una tez cadavérica, unos ojos grandes y luminosos más allá de toda comparación; unos labios algo delgados y muy pálidos, pero de una curva sorprendentemente bella; una nariz de fino tipo hebreo, pero con las ventanas nasales de una anchura poco frecuente en tales formas; un mentón bellamente moldeado, que por su poca prominencia denotaba una falta de energía moral; un pelo de una suavidad y tenuidad como de telaraña; aquellas facciones, junto con un ordinario ensanchamiento de la frente, formaban toda una cara difícil de olvidar. Y ahora, en la simple exageración del carácter dominante de aquellas características y de la expresión que solían presentar, había tanto cambio que yo dudaba de la identidad del hombre con el que estaba hablando. La palidez espectral de su rostro y el milagroso lustre de sus ojos eran las cosas que más me sorprendían y aterrorizaban. Además, se había dejado crecer el sedoso cabello con el mayor descuido, y como aquel tejido arácneo flotaba más que caía sobre su cara, yo no podía, ni con esfuerzo, relacionar su particular expresión con ninguna idea de simple humanidad.

Inmediatamente me llamó la atención cierta incoherencia e inconsistencia en sus modales, descubriendo poco después que aquello provenía de una serie de esfuerzos débiles y vanos para dominar una vibración habitual, una excesiva agitación nerviosa. De hecho, yo estaba preparado para algo parecido, no tanto por su carta como por los recuerdos de ciertos detalles de su niñez y por las conclusiones deducidas de su peculiar conformación física y temperamento. Su acción era alternativamente apresurada y lenta. Su voz variaba rápidamente de una trémula indecisión (cuando los espíritus vitales parecen ausentes en absoluto) a esa especie de enérgica concisión, a esa pronunciación brusca, grave, pausada y hueca, a esa cargada y ondulada pronunciación gutural, perfectamente emitida, que se puede observar en el borracho perdido o en el incorregible tomador de opio, durante los periodos de mayor excitación.

Así fue como me habló del objeto de mi visita, de su ardiente deseo de verme y del consuelo que esperaba de mí. Finalmente, entró en lo que él creía ser la naturaleza de su enfermedad. Era, dijo, un mal constitucional y familiar y para el cual desesperaba de encontrar remedio; una simple enfermedad nerviosa, añadió inmediatamente, que sin duda pasaría pronto. Se manifestaba en una serie de sensaciones nada naturales, algunas de las cuales, según me las contaba, me interesaron y me confundieron; sin embargo, es posible que influyesen en ello los términos y el tono general de la narración. Sufría mucho de una morbosa agudización de los sentidos; los alimentos más insípidos eran los únicos que podía tolerar; sólo podía llevar trajes de ciertos tejidos; el olor de las flores le oprimía; la luz más débil torturaba sus ojos; y solamente había peculiares sonidos, y éstos de instrumentos de cuerda, que no le inspirasen horror.

Lo encontré esclavizado a los más extraños terrores. «Me moriré —dijo—, me he de morir de esta deplorable locura. Así, así, y no de otra manera moriré. Me asustan los acontecimientos futuros, no por ellos mismos, sino por sus resultados. Tiemblo al pensar en los efectos que cualquier incidente, aun el más trivial, pueda causar en esta intolerable agitación de mi alma. No tengo, en realidad, horror al peligro, sino a su absoluto efecto: el terror.»

«En este estado de enervamiento, en este estado lamentable, siento que más tarde o más temprano llegará el momento en que la vida y la razón me abandonarán al mismo tiempo, en alguna lucha contra el horrendo fantasma del Miedo.»

Supe, además, a intervalos y por indicaciones parciales, y equívocas, otros datos particulares de su situación mental. Estaba conmovido por ciertas impresiones supersticiosas relativas a la casa que habitaba y de la cual hacía mucho tiempo que no se había atrevido a salir, impresiones que se referían a una influencia cuya supuesta fuerza residía en términos demasiado sombríos para ser repetidos aquí; influencia —decía él— que determinadas peculiaridades de la forma y las materias de su casa familiar, debido al largo tiempo transcurrido, haciendo que el efecto físico de los muros, de las torres grises y del oscuro lago en el cual se miraban, llegase a conformar o deformar lo que pudiera llamarse la moral de su existencia.

Sin embargo, admitía, aunque con cierta vacilación, que mucho de la peculiar melancolía que le afligía podía atribuirse a un origen más natural y más claro: a la grave y prolongada enfermedad y, por último, a la muerte, evidentemente próxima, de una hermana tiernamente amada, que fue su única compañera durante muchos años y su último y único pariente sobre la tierra.

«Su muerte —dijo él con una amargura que nunca olvidaré— me dejará débil y desesperado, como el último de la raza de los Usher.»

Mientras hablaba, lady Madelaine, que así se llamaba su hermana, pasó lentamente por un lugar alejado del apartamento, y, sin advertir mi presencia, desapareció. La observé con gran asombro, no sin mezcla de temor, pero me fue imposible darme cuenta de tales pensamientos. Una sensación de sopor me oprimía, mientras mis ojos seguían sus pasos, que se alejaban. Cuando, por último, una puerta se cerró tras ella, mis ojos buscaron instintivamente y con ansiedad la expresión de su hermano, pero él había escondido su rostro entre las manos y sólo pude darme cuenta de que una palidez mayor que la ordinaria se había extendido por sus enflaquecidos dedos, por entre los cuales corrían con abundancia apasionadas lágrimas.

La enfermedad de lady Madelaine había burlado durante mucho tiempo la pericia de los médicos. Una continuada apatía, un agotamiento gradual de la persona y frecuentes, aunque transitorios, ataques de carácter cataléptico, eran su insólito diagnóstico. Hasta entonces, ella había soportado firmemente el peso de su enfermedad sin recluirse en el lecho, pero a la caída de la tarde de mi llegada a la casa sucumbió (como su hermano me dijo por la noche con inexpresable agitación) al demoledor poder de la destrucción y supe que la mirada que yo había obtenido de ella posiblemente había de ser la última que yo obtendría de aquella señora, viva al menos.

Durante los días que siguieron, su nombre no fue mencionado ni por Usher ni por mí, y durante aquel periodo hice grandes esfuerzos para aliviar la melancolía de mi amigo. Pintábamos y leíamos juntos, o bien, yo escuchaba, como si de un sueño se tratase, las extrañas improvisaciones de su expresiva guitarra; y así, mientras una intimidad cada vez más estrecha me introducía sin reservas en las profundidades de su espíritu, advertía amargamente cuán fútiles resultaban todos mis intentos para alegrar un espíritu en el cual las tinieblas, como una cualidad inherente y positiva, se derramaban sobre todos los objetos del universo físico y moral con una incesante irradiación de melancolía.

Siempre llevaré conmigo el recuerdo de las muchas horas, cargadas de solemne gravedad, que pasé a solas con el dueño de la casa Usher. Sin embargo, fallaría al intentar dar una idea del carácter exacto de los estudios, o de las ocupaciones que compartíamos, o que él iniciaba. Una excitada idealidad proyectaba su luz sulfúrea sobre todo. Sus largos e improvisados cantos fúnebres sonarán para siempre en mis oídos.

Entre otras cosas, recuerdo dolorosamente en mi espíritu cierto singular arreglo perverso del último vals de Weber. De los cuadros que incubaba su laboriosa fantasía, y que pincelada a pincelada alcanzaban una vaguedad ante la cual yo me estremecía del modo más violento, pues me sobrecogía sin saber por qué; de aquellos cuadros (que con sus imágenes están vivos ahora en mí) me resulta imposible traducir en palabras la más pequeña parte de su significado. Por su absoluta sencillez y por la desnudez de su dibujo retenían y sobrecogían la atención. Si alguna vez un mortal pintó una idea, ese mortal fue Roderik Usher. Para mí al menos —en las circunstancias que me rodeaban— las puras abstracciones que aquel hipocondriaco proyectaba en sus lienzos producían una sensación de ruina intolerable. El efecto que despertaron en mí no se parecía en nada al que habían despertado las resplandecientes aunque no demasiado concretas ensoñaciones de Fuseli.

Una de las fantasmagóricas concepciones de mi amigo, que no participaba tan rígidamente del espíritu de abstracción, podría explicarse, aunque débilmente, por medio de palabras. Un cuadrito suyo representaba el interior de una larga y rectangular cueva o túnel, de bajas paredes, lisas, blancas y sin interrupción ni adorno; ciertos detalles accesorios de la pintura servían para hacer comprender que esa excavación se abría a una profundidad considerable. No se observaba salida alguna, ni se veía antorcha ni otra fuente artificial de luz; y, con todo, una oleada de intensos rayos fluctuaba alrededor y bañaba el conjunto con un esplendor espectral e inapropiado.

Acabo de hablar del morboso estado del nervio auditivo que hacía intolerable toda música para el paciente, con la única excepción de ciertos instrumentos de cuerda. Tal vez los estrechos límites en los cuales se había confinado él mismo al tocar la guitarra era lo que daba origen en gran medida al carácter fantástico de sus ejecuciones. Pero la febril soltura de sus impromptus no podría explicarse por ello. Así había de ser y así era, en las notas como en las palabras de sus fogosas fantasías (pues muy frecuentemente se acompañaba a sí mismo con rimadas improvisaciones verbales), el resultado de aquel intenso recogimiento moral y concentración a los que he aludido previamente y que no se observan sino en determinados momentos de la más intensa excitación artificial. El texto de una de esas rapsodias lo he recordado fácilmente. Quedé, tal vez, más fuertemente impresionado por ellas cuando las produjo, porque bajo la profunda y misteriosa corriente de su pensamiento yo percibía por vez primera una plena conciencia por parte de Usher de su estado mental, y sentía que la razón se le tambaleaba en su trono. Aquellos versos que se titulaban «El palacio hechizado» venían a ser, muy aproximadamente, como siguen:

I

En el valle más verde de nuestros valles
por buenos ángeles habitado,
una vez, un bello y firme palacio
en otro tiempo alzó su frente.
En el dominio del monarca Pensamiento,
era donde se alzaba.
Jamás un serafín desplegó sus alas
sobre obra tan maravillosa.

II

Banderas amarillas de oro y gloria
en su techo flotaban y ondulaban.
Esto —todo esto— fue hace mucho tiempo.
Mucho tiempo atrás.
A cada suave soplo de la brisa que retozaba
en tan amables días
rozando las murallas desnudas y pálidas,
un alado perfume provocaba

III

Vagabundos por ese alegre valle
veían a través de ventanas luminosas
moverse unos espíritus con la música,
al compás de un laúd bien templado,
alrededor de un trono donde estaba sentado
(¡Pórfiro Geneta!)

con pompa muy digna de su gloria.
Al señor de aquel reino se veía.

IV

Y toda reluciente de perlas y rubíes
era la hermosa puerta del palacio,
por la cual llegaban oleadas, oleadas,
y centelleando eternamente
un tropel de ecos, cuya dulce misión no
era sino cantar.

V

Pero malvados seres con vestido de duelo
asaltaron el palacio del monarca.
¡Ah! ¡Lloremos amargamente tal desgracia!
Ningún alba despuntará sobre la regia residencia.
Y alrededor de su mansión, la gloria
que entonces florecía,
no es ya sino un cuento oscuro
de antiguos tiempos olvidados.

VI

Y ahora los viajeros que atraviesan el valle
sólo ven a través de ventanas
vastas formas que se mueven fantásticamente
en una discordante zarabanda,
mientras que como un río rápido y lúgubre
por la puerta
un feo tropel se precipita y ríe
sin alcanzar sonriendo la gracia.

Recuerdo bien que las sugestiones producidas por esta balada nos sumieron en una serie de pensamientos que pusieron de manifiesto una opinión de Usher, recordaba aquí, no tanto por su novedad (pues otros hombres han tratado de ello), sino por la insistencia con que la sostenía. Esta opinión, en su forma general, es la de que los seres pertenecientes al mundo vegetal poseen una sensibilidad. Pero en su desordenada imaginación la idea había adquirido un carácter más osado aún, e invadía, bajo ciertas condiciones, el reino de lo inorgánico.

Carezco de palabras para expresar todo el alcance de su convencimiento. La creencia, sin embargo, estaba relacionada (como antes he insinuado) con las piedras grises de la casa de sus antepasados. Las condiciones de sensibilidad se habían cumplido allí, según él imaginaba, por el orden de distribución de las piedras, así como por los innumerables hongos que las recubrían y los árboles que rodeaban la mansión, y, sobre todo, por la larga y no perturbada duración de todo aquel orden y por su duplicación en las grises aguas del lago. La evidencia —la evidencia de la sensibilidad— podía verse (decía, y entonces yo me sorprendía de oírlo hablar) en la gradual aunque cierta condensación de la atmósfera cercana a las aguas del lago y a las paredes de la casa. El resultado se descubría, añadía él, en aquella influencia muda pero insistente y terrible que durante siglos había moldeado los destinos de su familia y que había hecho de él lo que era. Tales opiniones no necesitan comentario y yo no haré ninguno.

Nuestros libros —los libros que durante años habían formado una pequeña parte de la existencia del inválido— estaban, como puede suponerse, en completo acuerdo con aquel carácter fantasmal. Estudiábamos minuciosamente obras tales como: el *Ververt et Chartreuse,* de Gresset; el

Belphegor, de Maquiavelo; el *Cielo y el Infierno,* de Swedenborg; *El viaje subterráneo de Nicolás Klimm,* de Holderg; las *Quiromancias de Roberto Flud,* de Juan de Indaginé y de la Chambre; el *Viaje a la distancia azul,* de Treck, y la *Ciudad del sol,* de Campanella. Uno de los volúmenes favoritos era una pequeña edición en octava del *Directorium Inquisitorum,* del dominico Eymerich de Gerona. Había pasajes de Pomponio Mela, acerca de los sátiros y egipanes africanos, con los cuales Usher se ensimismaba durante horas enteras. Sin embargo, su principal goce lo hallaba en la lectura de un extraordinario, raro y curioso libro en cuarto gótico, que procedía de alguna iglesia olvidad: el *Virgiliae Montuorum Chorum Ecclesiae Maguntinae.*

No puedo dejar de pensar en el extraño ritual de aquella obra y en su probable influencia en el hipocondriaco, porque una tarde, después de informarme bruscamente que su hermana lady Madelaine había muerto, me manifestó sus propósitos de mantener insepulto el cadáver durante una quincena (antes de su entierro definitivo), en una de las numerosas criptas existentes en el edificio. La razón humana que él aducía para tan singular conducta era de tal naturaleza que yo no podía permitirme discutirla. Como hermano, había llegado a tal resolución (así me lo dijo) por considerar el carácter poco común de la enfermedad de la muerta, porque los mismos médicos sentían curiosidad en torno a aquel fallecimiento, y por la remota y arriesgada situación del cementerio de la familia. No negaré que cuando volví a recordar el aspecto siniestro de la persona que vi en la escalera el día de mi llegada a la casa no sentí deseos de oponerme a lo que sólo consideraba una precaución inofensiva y de ningún modo reprobable.

A petición de Usher, le ayudé personalmente en los preparativos de aquel enterramiento temporal. Una vez que depositamos el cuerpo en el ataúd, lo llevamos al lugar designado. La cueva donde lo colocamos (cerrada tanto tiempo que nuestras antorchas casi se apagaron como consecuencia de la atmósfera confinada) era pequeña, húmeda y totalmente desprovista de cualquier entrada de luz, quedando a gran profundidad, inmediatamente debajo de la parte del edificio donde se hallaba la habitación en que yo dormía. Aparentemente, en remotos tiempos feudales había sido usada para el peor fin: el de mazmorra; y en los últimos días, como polvorín o para guardar otras sustancias altamente combustibles, estando una porción del suelo y todo el interior de un largo corredor abovedado por donde llegamos cuidadosamente recubierto de cobre. La puerta, de hierro macizo, había sufrido también una protección similar. Su inmenso peso producía un inusitado y agudo ruido chirriante cuando giraba sobre sus goznes.

Una vez que dejamos depositada nuestra carga fúnebre sobre unos soportes en aquella mansión de horror, levantamos un poco la tapa del ataúd, aún no clavada, y echamos una mirada sobre el rostro de su ocupante. Al punto me llamó la atención el fuerte parecido del hermano con su hermana, y Usher, adivinando tal vez mis pensamientos, murmuró algunas palabras por las cuales supe que la difunta y él eran gemelos y que siempre había existido entre ellos una simpatía de naturaleza casi inexplicable.

No obstante, nuestras miradas no permanecieron mucho tiempo fijas en la muerta, porque no pudimos contemplarla sin espanto. La enfermedad que había acabado con la vida de lady Madelaine en plena juventud le había dejado —como sucede generalmente en las personas fallecidas por catalepsia— una especie de falsa rubicundez en el rostro y la parte del pecho que se descubría, pintándose en aquél esa sonrisa furtiva que resulta espantosa en los labios de una persona muerta. Volvimos a colocar y clavar la tapa, y después de haber asegurado la puerta de hierro, emprendimos con trabajo el regreso hacia las habitaciones no menos melancólicas de la parte alta de la casa.

Transcurridos algunos días de amargo pesar para mi amigo, se operó un cambio ostensible en los síntomas de su desorden mental. Sus maneras habituales habían desaparecido. Sus costumbres ordinarias eran desatendidas y olvidadas. Vagaba de habitación en habitación con prisa desigual y sin objeto. Su tez había asumido, si es posible, una palidez aún más espectral, pero la luminosidad de sus ojos había desaparecido por completo. Desapareció el áspero tono de voz que adoptaba en ocasiones, reemplazado por un trémulo balbuceo que parecía provenir de un terror extremado. De hecho, algunas veces yo hubiera jurado que su espíritu, incesantemente agitado, luchaba con algún secreto horrible, pero que le faltaba el valor necesario para revelarlo. Otras veces me veía obligado a atribuirlo todo a las simples vaguedades de la locura, pues lo veía observar el vacío durante largas horas en una actitud de profunda atención, como si escuchara algún sonido imaginario. No debe sorprender que su estado me aterrara, que me contagiase. Sentí que de modo lento y seguro se iban adueñando de mi espíritu las extrañas influencias de sus fantásticas e impresionantes supersticiones.

Una noche, la séptima o la octava desde que trasladamos a Madelaine a su tumba transitoria, al acostarme a hora avanzada experimenté plenamente el poder de tales sensaciones. El sueño no quería acercarse a mi lecho, mientras las horas transcurrían una a una. Luché por buscar la razón del nerviosismo que me dominaba. Trataba de creer que casi todo lo que sentía se debía a la opresiva influencia del triste mobiliario de la habitación, de los oscuros y rasgados tapices, torturados por el viento en una tempestad naciente, que se agitaban sobre las paredes y chocaban lúgubremente con los adornos de la cama. Pero mis intentos resultaron inútiles. Un temor incontenible fue poco a poco invadiendo mi cuerpo y, al fin, la pesadilla de una angustia sin motivo se asentó en mi corazón. Respirando con fuerza, conseguí apartarlo de mí, e incorporándome sobre las almohadas y atisbando con ansiedad por la intensa oscuridad de la sala, escuché, sin otra razón que un impulso instintivo, ciertos opacos e indefinibles sonidos que llegaban a mí, a largos intervalos, en las pausas de la tormenta. Dominado por un intenso sentimiento de horror, inexplicable pero invencible, me vestí con apresuramiento (pues tenía el presentimiento de que no podría dormir nada más durante la noche) y, luchando para sobreponerme a mí mismo, comencé a recorrer la habitación de arriba abajo.

Apenas había dado unas cuantas vueltas, sentí pasos ligeros en la escalera. Inmediatamente reconocí que se trataba de Usher. Al cabo de un momento, llamó suavemente a la puerta y entró llevando una lámpara. Su rostro, como de costumbre, tenía un aspecto cadavérico, pero además en esta ocasión se reflejaba en él una especie de morbosa hilaridad, una histeria evidentemente contenida en todas sus formas. Su aspecto me aterró; pero cualquier cosa era preferible a la soledad que yo había soportado durante tanto tiempo, por lo que acogí su presencia como un alivio.

—¿No has visto? —dijo bruscamente, después de haber mirado a su alrededor y en silencio durante algunos instantes—. Entonces, ¿tú no lo has visto? ¡Pues espera! ¡Ya lo verás!

Diciendo esto, y protegiendo con cuidado su lámpara, se apresuró hacia una de las ventanas y la abrió de par en par a la tormenta.

La furia impetuosa del agua casi nos levantó del suelo. La noche tempestuosa tenía una imponente belleza y era única y extraña en su terror y en su hermosura. En las proximidades de la casa se había formado un torbellino que hacía frecuentes y violentas alteraciones en la dirección del viento, y la excesiva densidad de las nubes, que colgaban tan bajas como para aplastar el tejado, no nos impedía apreciar la viva velocidad con que corrían unas contra otras desde todos los puntos, sin alejarse en la distancia. Ya he dicho que su excesiva densidad no nos impedía apreciar aquello, a pesar de que no vislumbrábamos destello alguno de luna o luz de estrellas, ni había ningún resplandor de relámpago. Pero las superficies inferiores de las enormes masas de agitado vapor, lo mismo que todos los objetos terrestres que nos rodeaban, brillaban a la luz sobrenatural de una débil exhalación gaseosa que rodeaba toda la casa.

—¡No debes, no tiene que ver eso! —le dije, temblando, a Usher; y con suave violencia lo conduje desde la ventana al sillón—. Estas apariencias que te impresionan son simplemente fenómenos eléctricos muy frecuentes, o tal vez tengan su origen espectral en los fétidos miasmas del lago. Cerremos esta ventana, pues el aire está helado y puede resultar malo para tu salud. Aquí tengo una de tus novelas favoritas. Leeré y tú me escucharás, y así dejaremos pasar juntos esta terrible noche.

El antiguo volumen que yo había tomado era el *Mad Trist,* de sir Lancelot Canning; pero lo había llamado el libro favorito de Usher más en broma que en serio, pues, a decir verdad, poco había en su baja y nada imaginativa prolijidad que pudiera tener interés para la alta y espiritual idealidad de mi amigo. Pero era el único libro que tenía a mano, y alimentaba la vaga esperanza de que la agitación que entonces perturbaba al hipocondriaco podría encontrar alivio (pues la historia de los desórdenes mentales está llena de anomalías similares) en la misma exageración de las locuras que iba a leerle. Si hubiera tenido que juzgar por el aire extrañamente tenso con que escuchaba o aparentaba escuchar las palabras del cuento, podía haberme felicitado del éxito de mi idea.

Había llegado a esa parte tan conocida de la historia en que Ethelredo, el héroe del Trist, habiendo intentado en vano por pacíficos procedimientos penetrar en la morada del ermitaño, decide entrar por la fuerza. Debe recordarse que las palabras del cuento son como sigue: «Y Ethelredo, que era por naturaleza de valeroso corazón, y que estaba entonces enardecido por la energía del vino que había bebido, no esperó mucho tiempo para poder hablar con el ermitaño, que era de obstinada y maliciosa naturaleza, sino que, sintiendo la lluvia sobre sus hombros y temiendo ser alcanzado por la tempestad, levantó su mazo inmediatamente y con rudos golpes abrió paso a su mano enguantada a través de las maderas de la puerta, y tirando entonces fuertemente de una parte a otra, hizo crujir, rajarse y saltar en astillas todo, de tal modo que el seco y penetrante sonido de la madera se propagó por todo el bosque, sembrando la alarma».

Al final de este párrafo, me detuve sobresaltado, pues me parecía que (aunque inmediatamente supuse que mi excitada imaginación me había engañado) de una parte muy lejana de la casa llegaban confusamente a mis oídos lo que podía haber sido, por su extraña analogía, el eco (ciertamente apagado y sordo) del mismo sonido crujiente y desgarrador que sir Lancelot había descrito de modo tan particular. Era, sin duda alguna, la única coincidencia que atrajo mi atención, pues en medio del tableteo de las contraventanas y los ruidos que se entremezclaban con la tormenta, el ruido aquel, considerado en sí mismo, no tenía nada que pudiera interesarme o molestarme. Continué el relato: «Pero el buen campeón Ethelredo, entrando entonces por la puerta, se quedó tan perplejo como enfurecido al no encontrar ni rastro del malicioso ermitaño. En su lugar se dio de manos a boca con un dragón de apariencia monstruosa, cubierto de escamas y con una lengua de fuego, que se hallaba de guardia delante de un palacio de oro con piso de plata. Del muro colgaba un escudo de bronce con esta leyenda:

"Quien entre aquí, será un conquistador.
Quien mate al dragón, el escudo ganará".

Ethelredo levantó su mazo y golpeó la cabeza del dragón, que cayó ante él, exhalando un pestífero aliento, con un bramido tan horrible, tan áspero y a la vez tan penetrante, que Ethelredo se cubrió sus oídos con las manos para librarse de un terrible ruido que nunca hasta entonces había escuchado».

Al llegar a este punto, volví a detenerme, y esta vez lleno de asombro, pues no podía caber duda de que en aquel instante yo estaba oyendo real y verdaderamente (aunque me fuera imposible precisar en qué dirección provenía) un ruido sordo y aparentemente distante, pero áspero, prolongado y singularmente agudo y penetrante; exacta imitación de lo que mi imaginación había supuesto ser el horrible bramido del dragón descrito por el novelista.

Oprimida como ciertamente lo estaba sobre la casualidad de la segunda y más extraordinaria coincidencia, por mil sensaciones contradictorias, entre las que predominaba el asombro y el terror, tuve, sin embargo, la suficiente presencia de ánimo como para abstenerme de excitar por medio de cualquier observación la sensibilidad nerviosa de mi amigo. Yo no estaba muy seguro de que él hubiera escuchado el sonido en cuestión, aunque, evidentemente, en los últimos minutos, una extraña alteración se había operado en su actitud. Situado frente a mí, había ido girando poco a poco su silla como para sentarse mirando hacia la puerta; de este modo, apenas podía ver sus rasgos, aunque veía sus labios temblar con un murmullo irreconocible. Había inclinado la cabeza sobre el pecho, pero yo sabía que no dormía porque el ojo que yo veía de perfil estaba abierto. Además, el movimiento de su cuerpo contradecía esta idea, pues se movía de un lado a otro con un constante y uniforme balanceo. Habiendo observado con rapidez todo esto, volví a la narración de sir Lancelot, que proseguía así:

«Después, el campeón, habiéndose escapado de la terrible furia del dragón, recordando la leyenda del escudo de bronce y de que el encantamiento que figuraba encima estaba roto, apartó el cadáver del dragón fuera de su camino y se acercó valerosamente por el pavimento de plata del castillo hacia la pared donde estaba el escudo, el cual, sin esperar a que el caballero se le acercara, cayó pesadamente a sus pies sobre el piso de plata, produciendo un enorme y terrible sonido...»

No habían acabado de salir aquellas palabras de mis labios, cuando, como si en aquel instante un escudo de bronce hubiese caído pesadamente sobre un suelo de plata, escuché el eco claro, hueco, profundo, metálico y clamoroso, pero como apagado. Completamente excitado, salté bruscamente, pero todo aquello no pareció afectar en nada el mesurado balanceo de Usher. Me precipité sobre la silla en que se sentaba. Sus ojos miraban fijamente ante sí, y en todo su cuerpo reinaba una rigidez de piedra. Sin embargo, cuando coloqué mi mano sobre su hombro, todo su cuerpo se estremeció, una sonrisa apagada tembló en sus labios y vi que él hablaba en un bajo, apresurado e inarticulado murmullo, como si estuviera ajeno a mi presencia. Me incliné sobre él y al fin pude entender el horrible significado de sus palabras:

—¿No lo oyes? Sí, yo lo oigo, lo he oído. Hace mucho tiempo, mucho tiempo, muchos minutos, muchas horas, muchos días que lo he oído. ¡Pero no me atrevía! ¡Oh mísero de mí, miserable desafortunado! No me atrevía. No me atrevía a hablar. Nosotros la pusimos con vida en la tumba. ¿No te dije que mis sentidos tenían una agudeza excepcional? Ahora te digo que pude oír sus débiles movimientos en el ataúd. Lo oí hace muchos, muchos días, pero no me atrevía. No me atrevía a hablar, y ahora, esta noche... ¡Ethelredo! El dragón. ¡Ja, ja, ja!... La rotura de la puerta del ermitaño... ¡y la muerte del dragón!... ¡y el clamor del escudo!... ¡Di más bien el ruido de su ataúd y el rechinar de los goznes de hierro de su prisión y su lucha en el pasadizo forrado de cobre! ¡Oh! ¿Adónde huiré? ¿No llegará ella aquí, dentro de un momento? ¿No está apresurando su paso para reprocharme mi prisa por enterrarla? ¿No estoy oyendo sus pasos en la escalera? ¿No distingo aquel pesado y horrible latir de su corazón? ¡Insensato de mí!

Se puso de pie furiosamente y gritó estas sílabas como si en el esfuerzo exhalase su alma.

—Insensato —repitió—. ¿Pero no ves que ella está ahora detrás de la puerta?

Y como si en la sobrehumana energía de su rostro se hubiese producido la potencia de un hechizo, las enormes y antiguas hojas de la puerta que el desdichado señalaba abrieron lentamente sus poderosas mandíbulas de hierro. Una violenta ráfaga de viento huracanado abrió, finalmente, de par en par aquella puerta y en su marco apareció la altiva y amortajada figura de lady Madelaine de Usher. Había sangre en sus blancas ropas y la evidencia de alguna amarga lucha sobre toda su enflaquecida persona. Durante un momento se quedó temblorosa y tambaleándose en el umbral; luego, tras un sordo gemido, cayó pesadamente sobre la persona de su hermano, y en sus violentas y postreras agonías de muerte lo arrastró al suelo; cadáver y víctima de los terrores que había anticipado.

De aquella habitación y de aquella casa escapé horrorizado. La tormenta estaba en todo su apogeo cuando me hallé cruzando la vieja calzada. De pronto resplandeció a lo largo de la senda una extraña luz que iluminaba el camino. Me volví repentinamente para ver de dónde podía haber salido aquella inesperada iluminación, pues detrás de mí sólo estaban la enorme casa y sus sombras. Aquel resplandor era el de la luna llena, de un color rojo sangre, filtrado vivamente a través de aquella grieta que apenas se advertía y de la cual ya he dicho antes que se extendía en zigzag desde el tejado del edificio a la base. Mientras la miraba, paralizado por el asombro, la fisura se ensanchó rápidamente, llegó una ráfaga impetuosa de viento y todo el disco del satélite estalló inmediatamente ante mi vista. Mi cerebro se tambaleó cuando vi las poderosas paredes precipitarse partidas en dos. De pronto, los pesados muros se desplomaron hacia delante, y en medio de un estrépito infernal toda aquella masa informe, con un rumor semejante a la voz de mil cataratas, se sumergió de golpe en el profundo y cenagoso lago, cuyas negras aguas, conmovidas en su sueño secular por aquella avalancha, se cerraron triste y silenciosamente a mis pies, sobre los restos pulverizados de la «Casa Usher».

FIN DE
«EL HUNDIMIENTO DE LA CASA USHER»

EL RETRATO OVALADO

EL castillo en el cual mi criado se había aventurado a entrar a la fuerza antes de permitirme pasar la noche al aire libre, hallándome gravemente herido, era uno de esos edificios con mezcla de lobreguez y grandeza que durante largo tiempo han mirado ceñudos por entre los Apepinos, menos en la realidad que en las novelas de la señora Radcliff[1]. Todo hacía suponer que había sido abandonado de modo temporal y en época muy cercana. Nos instalamos en una de las habitaciones más pequeñas y menos suntuosamente amuebladas. Quedaba en una apartada torre del edificio. Su decoración era rica, pero ajada y anticuada. Sus paredes estaban adornadas de tapices y engaladas con diversos y multiformes trofeos heráldicos, junto con un gran número de pinturas modernas con marcos de rico arabesco de oro. Por aquellas pinturas que pendían de las paredes, no sólo en sus principales superficies, sino también en los numerosos rinconcitos que la recargada arquitectura del edificio hacía necesarios; por aquellas pinturas, digo, el estado de incipiente delirio en que me hallaba había despertado un profundo interés; así que ordené a Pedro cerrar las macizas hojas de la

[1] Novelista inglesa (1764-1823), autora de obras de misterio.

puerta —pues ya era de noche—, que encendiese un gran candelabro que había junto a la cabecera de mi cama, y que corriese de par en par las cortinas de terciopelo negro que rodeaban a la misma. Deseé que se hiciera todo aquello para poder entregarme, si no al sueño, al menos, alternativamente, a la contemplación de aquellos cuadros y a la lectura de un pequeño volumen que habíamos hallado sobre un almohadón y que contenía la crítica y descripción de los mismos.

Mucho tiempo, mucho tiempo leí, y devotamente, devotamente miré. Las horas pasaron rápida y magníficamente, y la profundidad de la medianoche llegó. La posición del candelabro me desagradaba, y alargando mi mano con dificultad para no molestar a mi durmiente criado, lo coloqué de manera que sus rayos cayeran más de lleno sobre el libro. Pero la acción produjo un efecto completamente inesperado. Los rayos de las numerosas velas (pues eran muchas) caían ahora dentro de un nicho de la habitación que hasta entonces había permanecido totalmente oculto por la sombra de una de las columnas de la cama. De este modo vi con vívida luz un cuadro que me había pasado inadvertido. Era el retrato de una joven muchacha, precisamente cuando comenzaba a ser mujer. Observé con apresuramiento la pintura y luego cerré los ojos. ¿Por qué hice aquello que no estaba claro ni para mi propia percepción? Pero mientras permanecí con mis párpados cerrados me vinieron a las mientes las razones de mi proceder. Fue un movimiento impulsivo encaminado a ganar tiempo para pensar, para asegurarme de que mi visión no me había engañado, para calmar y dominar mi fantasía y mirar de un modo más juicioso y real. Pocos minutos después volví a mirar el cuadro.

Lo que yo entonces veía con justeza no podía y no quería dudarlo, pues el primer resplandor de las velas sobre el lienzo parecía haber disipado el soñoliento sopor que se había apoderado de mis sentidos e inmediatamente me devolvió a la realidad. El retrato, como he dicho ya, era el de una joven muchacha. Nada más que la cabeza y los hombros, realizado por el procedimiento técnicamente llamado de viñeta; tenía mucho del estilo de las cabezas favoritas de Sully [2]. Los brazos, el pecho, y hasta las puntas de su radiante pelo, se mezclaban imperceptiblemente en la vaga pero profunda sombra que formaba el fondo del conjunto. El marco era ovalado, ricamente dorado y afiligranado con arabescos. Como obra de arte, nada podía ser más admirable que la pintura en sí misma. Pero no podía haber sido ni la ejecución del trabajo, ni la inmortal belleza de aquel rostro, lo que me había conmovido de modo tan repentino y vehemente. Mucho menos podía haber sido que mi imaginación, sacudida de su adormecimiento, hubiera equivocado aquella cabeza por la de una persona viva. Inmediatamente vi que las peculiaridades del cuadro, de la viñeta y del marco, debían haber disipado enseguida tal idea, debían haberme evitado hasta una momentánea distracción. Meditando seriamente sobre aquellos puntos, permanecí por espacio de una hora, tal vez, medio sentado, medio reclinado, con la vista clavada en aquel retrato. Finalmente, satisfecho con el verdadero secreto de su efecto, me eché de nuevo en la cama. Había hallado que el hechizo de aquella pintura consistía en una absoluta «realidad palpable» de su expresión, que al principio me sorprendió y finalmente me confundió, me subyugó, anonadándome. Con profundo y reverente temor, volví a colocar el candelabro en su primitiva posición. Habiendo sido apartada de mi vista la causa de mi profunda agitación, me dediqué a leer el libro que trataba de aquellos cuadros y de sus historias.

---

[2] Pintor norteamericano muy conocido en su tiempo (1783-1872).

Pasé las hojas hasta encontrar el número que designaba el retrato ovalado, y allí leí las vagas y curiosas que decían así:

«Era una doncella de la más rara belleza, no menos amable que llena de alegría. Fue en mala hora cuando ella vio, se enamoró y se casó con el pintor. Él, apasionado, estudioso, austero, había depositado su entero amor al arte. Ella, una doncella de la más rara belleza, toda luz y sonrisa, juguetona como un cervatillo, amaba todas las cosas y sólo odiaba el arte, que era su rival; sólo temía la paleta, los pinceles y otros desfavorables instrumentos que la privaban de la presencia de su amado. Fue, por lo tanto, una cosa terrible para aquella señora oír hablar al pintor de su deseo de retratar también a su joven esposa. Pero ella era humilde y obediente y estuvo dócilmente sentada, durante muchas semanas, en la oscura cámara de la elevada torre, donde la luz caía sobre el pálido lienzo solamente desde el techo.

Pero el pintor se tomó tan enorme interés por aquella obra, que iba adelantando de hora en hora y de día en día. Era un hombre apasionado, extraño y taciturno, que se perdía siempre en fantasías; de tal modo que no quiso ver que la luz que caía de modo tan lúgubre en la solitaria torrecilla iba agotando la salud y el ánimo de su esposa, lo que a todos preocupaba, menos a él. Con todo, ella sonreía y continuaba, sin quejarse nunca, porque veía que el pintor (de alto renombre) ponía en su obra un afán ardiente y encendido, trabajando día y noche en pintar a la que tanto amaba, pero que cada día estaba más decaída y más débil. Y a decir verdad, algunos que contemplaron el retrato hablaron de su parecido en quedas palabras como de una poderosa maravilla, y demostración no sólo del talento del pintor, sino de su profundo amor por la que pintaba de modo tan magnífico. Pero al final, cuando el trabajo se iba terminando, no se permitió entrar a nadie en la torrecilla, pues el pintor se había vuelto loco con el ardor de su trabajo y raras veces apartaba sus ojos del lienzo, excepto para contemplar el rostro de su esposa. Y él no quiso ver cómo los colores que se extendían sobre el lienzo eran arrancados de las mejillas de la que tenía sentada junto a él, y cuando hubieron pasado varias semanas y quedaba ya muy poco por hacer, salvo una pincelada sobre la boca, un tinte sobre el ojo, el espíritu de la dama flaqueó como la llama que amenazaba extinguirse. Dio la pincelada y el toque, y por un momento el pintor se quedó extasiado ante la obra que había realizado; pero inmediatamente, y mientras todavía la observaba, se puso tembloroso, muy pálido y fantasmal. «¡Esto es realmente la Vida misma», gritó. Pero al volver los ojos de pronto para contemplar a su amada..., ésta había muerto.

FIN DE
«EL RETRATO OVALADO»

EL BARRIL DE AMONTILLADO

HABÍA soportado las mil injurias de Fortunato lo mejor que pude, pero cuando llegó al insulto, juré vengarme. Vosotros, que tan bien conocéis la naturaleza de mi alma, no supondréis, sin embargo, que pronunciara ni una sola palabra acerca de mi propósito. Al final, yo sería vengado. Este era ya un punto establecido definitivamente. Pero la misma decisión con que lo había resuelto excluía toda idea de riesgo por mi parte. No sólo debía castigar, sino castigar impunemente. Una injuria queda sin reparar cuando su justo castigo perjudica al vengador. Igualmente queda sin reparación cuando el vengador deja de dar a comprender a quien le ha agraviado que es él quien se venga.

Debe entenderse que ni de palabra, ni de hecho, di a Fortunato motivo alguno para dudar de mi buena voluntad hacia él. Continué, como de costumbre, sonriendo en su presencia, y él no advirtió que ahora aquella sonrisa era producida por el pensamiento de arrebatarle la vida.

Tenía un punto flaco aquel Fortunato, aunque en otros aspectos era un hombre para ser respetado y aun temido. Se enorgullecía de entender mucho de vinos. Son pocos los italianos que tienen verdadero talento de catadores. Su aparente entusiasmo, en una gran parte, suele adaptarse a lo que piden el tiempo y la ocasión, para engañar a los millonarios ingleses y austriacos. En pintura y en piedras preciosas, Fortunato era, como todos sus paisanos, un charlatán, pero en cuanto a los vinos añejos, era sincero. En este asunto yo no difería de él extraordinariamente. Yo también era muy experto en vinos italianos, y los adquiría en gran escala siempre que se me ofrecían ocasiones.

Una noche, casi al amanecer, en pleno apogeo del carnaval, encontré a mi amigo. Me acogió con excesivo afecto, pues había estado bebiendo mucho. El buen hombre estaba disfrazado de payaso. Llevaba un traje muy ceñido, un vestido de listas de colores, y su cabeza estaba coronada por un gorro cónico adornado de cascabeles. Me alegré tanto de verlo que creí no haberle estrechado jamás su mano como en aquel momento. Le dije:

—Querido Fortunato; este encuentro es muy oportuno. ¡Qué buen aspecto tiene usted hoy! El caso es que he recibido una barrica de algo que llaman amontillado, y tengo mis dudas.

—¿Cómo? —dijo él—. ¿Amontillado? ¿Una barrica? ¡Imposible! ¡Y en pleno carnaval!

—Por eso tengo mis dudas —le contesté—, e iba a hacer la tontería de pagarlo como si se tratara de un exquisito amontillado, sin consultarle a usted. No había forma de encontrarlo y temía perder una ganga.

—¡Amontillado!

—Y tengo que pagarlo.

—¡Amontillado!

—Pero como creí que estaba usted ocupado, iba a buscar a Luchresi. Si hay un hombre entendido, él es, sin duda. Él me dirá...

—Luchresi no puede distinguir el amontillado del jerez —aseguró mi amigo.

—Y sin embargo —repuse yo—, existen algunos tontos que sostienen que su paladar puede competir con el suyo.

—Vamos, vamos allá.

—¿Adónde?

—A sus bodegas.

—No, amigo mío, no; no querría abusar de su amabilidad. Adivino que tiene usted algún compromiso. Luchresi...

—No tengo ningún compromiso. ¡Vamos!

—No, querido amigo. Aunque no tenga usted ningún compromiso, percibo que tiene usted mucho frío. Las bodegas son insufriblemente húmedas. Están cubiertas de salitre.

—A pesar de todo, vamos. El frío no importa. ¡Amontillado! ¡Usted ha sido engañado, y ese Luchresi no sabe distinguir el jerez del amontillado!

Y diciendo esto, Fortunato se agarró de mi brazo. Me puse una máscara de seda negra, y ciñéndome al cuerpo una capa, dejé que me llevara a mi palacio. No había criados en la casa; se habían zafado para ir a divertirse en honor del tiempo, y yo les había dicho que no volvieran hasta la mañana siguiente, y les había dado órdenes explícitas de no estorbar por la casa. Aquellas órdenes eran suficientes, bien lo sabía yo, como para asegurarme la inmediata desaparición de todos tan pronto como volviera la espalda.

Cogí dos velas de un candelabro y dándole una a Fortunato lo llevé, haciéndole encorvarse, a través de varias habitaciones, por el pasaje abovedado que llevaba a las bodegas. Bajé delante de él una larga y tortuosa escalera, recomendándole tener cuidado al seguirme. Finalmente, al llegar al pie de la escalera, nos quedamos de pie uno frente a otro, sobre el suelo húmedo de las catacumbas de Montresor. El andar de mi amigo era vacilante, y los cascabeles de su gorro resonaban a cada paso que daba.

—¿Y la barrica? —preguntó.

—Está más lejos —le dije—; pero observe esas blancas telarañas que brillan en las paredes de la cueva.

Se volvió hacia mí y me miró con dos nubladas pupilas que destilaban embriaguez.

—¿Salitre? —preguntó por fin.

—Salitre —le contesté—. ¿Hace mucho tiempo que está constipado?

—¡Ugh! ¡Ugh! ¡Ugh! ¡Ugh! ¡Ugh!

A mi pobre amigo le fue imposible contestar durante algunos minutos.

—No es nada —dijo por último.

—¡Venga! —le dije con decisión— ¡Volvámonos! Su salud es preciosa. Usted es rico, respetado, admirado, querido; es usted feliz, como yo lo he sido en otro tiempo. No debe usted malograrse. En cuanto a mí, no importa. ¡Volvámonos! Se pondrá enfermo y no puedo ser responsable. Además, allí está Luchresi.

—¡Basta! —dijo—; el constipado no es nada; no será lo que me mate. Le aseguro que no moriré de un constipado.

—Verdad, verdad —le contesté, y de hecho no tenía intención alguna de alarmarle innecesariamente—; pero debiera tomar precauciones. Un trago de este *Medoc* lo defenderá de la humedad.

Y diciendo esto, rompí el cuello de la botella que tomé de una larga fila de otras análogas, que había tumbadas en el húmedo suelo.

—Beba —le dije, mostrándole el vino.

Levantó la botella hasta sus labios, mirándome de soslayo. Se detuvo y me miró familiarmente, mientras las campanillas tintineaban.

—Bebo —dijo— a la salud de los enterrados que reposan en las tumbas que nos rodean.

—Y yo porque tenga usted larga vida.

Volvió a cogerme del brazo y seguimos adelante.

—Estas cuevas —dijo— son muy extensas.

—Los Montresor —le contesté— fueron una grande y numerosa familia.

—Olvidé cuáles son sus armas.

—Un enorme pie humano de oro en campo de azur; el pie aplasta a una serpiente rampante, cuyos colmillos están clavados en el talón.

—¿Y el lema?

—*Nemo me impune lacessit*[1].

—¡Muy bueno!

El vino brillaba en sus ojos y tintineaban los cascabeles. Mi fantasía se calentaba con aquel *Medoc.* Habíamos pasado entre paredes de esqueletos apilados, que se entremezclaban con barricas y toneles en los más profundos recintos de las catacumbas. Me detuve de nuevo, y esta vez me atreví a coger a Fortunato por un brazo, más arriba del codo.

—El salitre —le dije—. Vea cómo aumenta. Cuelga de la bóveda como si fuera musgo; ahora estamos bajo el lecho del río. Las gotas de humedad se filtran por los huesos. Vamos, volvamos antes de que sea demasiado tarde. Esta tos...

—No es nada —dijo—, continuemos. Pero primero echemos otros traguito de *Medoc.*

Rompí y le alargué un botellín de *De Grâve*, que vació de una vez. Sus ojos llamearon con ardiente luz. Se echó a reír y tiró la botella al aire con un gesto que escapó a mi comprensión. Lo miré con sorpresa y él repitió el movimiento; un movimiento grotesco en verdad.

—¿No comprende usted? —preguntó.

—No, más bien no —le repliqué.

[1] «Nadie me ofende impunemente.»

—Entonces no es usted de la hermandad.

—¿Cómo?

—Usted no es masón.

—Sí, sí —dije—; sí, sí.

—¿Usted? ¡Imposible! ¿Un masón? [2].

—Un masón —repliqué.

—A ver, una señal; un signo tan sólo.

—Aquí lo tienes —le contesté, sacando de entre los pliegues de mi capote una paleta de albañil.

—Usted bromea —exclamó, retrocediendo unos cuantos pasos—. Pero sigamos hasta llegar a donde esté ese famoso barril de amontillado.

—Muy bien —dije, volviendo a colocar la herramienta debajo del capote, y ofreciéndole mi brazo de nuevo.

Se apoyó pesadamente en él y continuamos nuestro camino en busca del amontillado. Pasamos por una serie de bajas bóvedas de muy escasa altura; bajamos, avanzamos luego, y descendimos de nuevo llegando a una profunda cripta, donde lo viciado del aire hacía que nuestras antorchas brillasen sin dar llama.

En el más remoto extremo de la cripta apareció otra menos espaciosa. En sus paredes habían sido alineados restos humanos de los que se amontonaban en la cueva, del mismo modo que en las catacumbas de París. Tres paredes de aquella cripta estaban también adornadas de aquel modo. Del cuarto habían sido retirados los huesos y arrojados al suelo, donde yacían esparcidos, formando en algunos puntos montones de gran tamaño. Dentro de la pared, así descubierta por el desplazamiento de los huesos, veíase todavía el interior de una cripta, o recinto interior, de unos cuatro pies de profundidad, tres de ancho y seis o siete de altura.

[2] Juego de palabras. Masón significa albañil en francés.

No parecía haber sido construida con ningún fin determinado, sino que formaba sencillamente un hueco entre dos de los enormes pilares que servían de apoyo a la bóveda de las catacumbas, y descansaba sobre una de las paredes de granito macizo que las circundaban.

Fue inútil que Fortunato, levantando su vela casi consumida, se esforzara en sondear la profundidad de aquel recinto. La débil luz nos impedía distinguir el fondo.

—Adelante —le dije—; ahí está el amontillado. Si estuviera aquí Luchresi...

—Es un ignorante —interrumpió mi amigo, avanzando con pasos inseguros y seguido muy de cerca por mí.

En un instante alcanzó el fondo del nicho, y al encontrar cortado el paso por la roca se detuvo, estúpidamente sorprendido. Un momento después, yo lo había encadenado al granito. En su superficie había dos argollas de hierro, distantes una de otra casi dos pies horizontalmente. De una de éstas pendía una cadena, y de la otra un candado. Rodeando su cintura con los eslabones, fue obra de pocos segundos sujetarlo. Estaba demasiado estupefacto para oponer resistencia. Saqué la llave y retrocedí fuera del recinto.

—Pase usted la mano por la pared —le dije—; no podrá usted menos de percibir el salitre. En efecto, está muy húmeda. Una vez más, le ruego que vuelva. ¿No? Entonces no me queda más remedio que abandonarlo, pero antes debo prestarle algunos cuidados que están en mis manos.

—¡El amontillado! —exclamó mi amigo, todavía no recobrado de su asombro.

—Cierto —le repliqué—, el amontillado.

Después de decir estas palabras me incliné sobre aquel montón de huesos de que antes he hablado. Apartándolos a un lado, pronto dejé al descubierto cierta cantidad de piedra de construcción y mortero. Con estos materiales, y sirviéndome de mi paleta, comencé con vigor a tapar la entrada del nicho. Apenas había colocado la primera hilada cuando descubrí que la embriaguez de Fortunato se había disipado en gran parte. El primer indicio que tuve de ello fue un apagado gemido que salía del fondo del recinto. No era ya el grito de un hombre embriagado. Luego se produjo un largo y obstinado silencio. Puse la segunda hilada, y la tercera y la cuarta, y entonces oí la furiosa vibración de la cadena. El ruido duró varios minutos, durante los cuales, para poder escucharlo con más satisfacción, dejé mi trabajo y me senté sobre los huesos.

Cuando por fin cesó el ruido de la cadena, agarré de nuevo la paleta y acabé sin interrupción la quinta, la sexta y la séptima hiladas. La pared entonces estaba casi a la altura de mi pecho. De nuevo me detuve, y levantando la antorcha sobre el trozo de pared construido, arrojé algunos rayos sobre la figura que estaba en el interior. Una sucesión de fuertes y penetrantes alaridos salió de pronto de la garganta del encadenado, que parecía rechazarme con violencia hacia atrás. Durante un momento vacilé, temblé, y desenvainando mi espada, empecé a lanzar estocadas por el interior del recinto, pero un momento de reflexión me calmó. Coloqué mi mano sobre la maciza pared de la cueva y quedé satisfecho. Volví a acercarme a la pared y contesté a los alaridos de quien clamaba. Los repetí, los acompañé, los sobrepasé en volumen y en fuerza. Esto hice, y el que chillaba acabó por callarse.

Era medianoche y mi tarea había completado la octava hilada, la novena y la décima. Había terminado casi la undécima; sólo quedaba una piedra para ajustar y revocar. Tenía que luchar con su peso; la coloqué sólo parcialmente en la posición que le correspondía, pero entonces salió del nicho una débil risa que me puso los cabellos de punta. Era emitida por una voz tan triste que hallé dificultad en reconocerla como la del noble Fortunato. La voz decía:

—¡Ja, ja, ja, ja! ¡Je, je, je, je! ¡Buena broma, amigo! ¡Buena broma! Lo que nos reiremos luego en el palacio, ¡he, he, he!, a propósito de nuestro vino.

¡El amontillado —dije yo.

—¡Je, je, je! ¡Je, je, je! Sí, el amontillado. Pero ¿no se está haciendo tarde? ¿No nos estará esperando en el palacio la señora Fortunato y los demás? Vámonos ya.

—Sí —dije—, vámonos.

—¡Por el amor de Dios, Montresor!

—Sí —dije—, por el amor de Dios.

Pero en vano escuché para obtener respuesta a aquellas palabras. Me impacienté y llamé en voz alta:

—¡Fortunato! ¡Fortunato!

No hubo respuesta y volví a llamar:

—¡Fortunato!

Tampoco me contestó; introduje una antorcha por la abertura que quedaba y la dejé caer dentro. Sólo se oyó un sonar de cascabeles. Sentí un malestar en el corazón, sin duda a causa de la humedad que había en las catacumbas. Me apresuré a terminar mi obra de albañilería. Aseguré la última piedra en su sitio, colocando mortero en torno suyo. Contra aquel nuevo trabajo de albañilería volví a levantar la vieja muralla de huesos, que durante medio siglo ningún mortal había perturbado. *¡In pace requiescat!*

FIN DE
«EL BARRIL DE AMONTILLADO»

LOS CRÍMENES DE LA CALLE MORGUE

> ¿Qué canción cantaban las sirenas o
> qué nombre adoptó Aquiles
> cuando se ocultaba entre
> las mujeres? Éstas son, desde luego, cuestiones
> arduas, pero que no exceden a las posibilidades
> de toda conjetura.
>
> SIR THOMAS BROWNE

LAS condiciones mentales, consideradas desde un punto de vista analítico, resultan, en sí mismas, difíciles de analizar. Las apreciamos únicamente por sus efectos. Sabemos de ellas, entre otras cosas, que son para su poseedor, cuando las posee de una manera desordenada, fuente de goces vivísimos. Así como el hombre fuerte encuentra placer en su habilidad física y se deleita en los ejercicios que hacen entrar a sus músculos en acción, el analista se complace en aquella actividad intelectual que consiste en desenredar las cosas. Encuentra placer aun en las más triviales ocupaciones que ponen en juego su talento. Le entusiasman los enigmas, los acertijos, los jeroglíficos, demostrando en la solución de cada uno un grado de agudeza que aparece a los ojos del vulgo como antinatural. Estos resultados, llevados a cabo por su solo espíritu, y por la índole de su método, tienen, en verdad, todo el aire de la intuición.

La facultad de resolución es vigorizada muy posiblemente por el estudio matemático, especialmente por esa rama gigantesca del mismo que, injustamente y sólo en razón de sus operaciones retrógradas, ha sido llamada por antonomasia análisis. Sin embargo, calcular no es, en sí mismo, analizar. Un jugador de ajedrez, por ejemplo, hace lo uno sin esforzarse en lo otro. De lo que se deduce que el juego del ajedrez se acostumbra a valorar mal en lo referente a sus efectos en el orden mental.

No estoy escribiendo un tratado, sino simplemente el prefacio de una narración peculiar, con observaciones cogidas al azar; por lo tanto, aprovecharé esta ocasión para afirmar que las más altas facultades del intelecto reflexivo estarán ocupadas más decididamente, y con más provecho, en el modesto juego de damas que en la elaborada frivolidad del ajedrez. En este último, donde las piezas tienen diferentes y *bizarres* [1] movimientos, con diversos y variables valores, no es extraño que se tome por profundo lo que sólo es complejo. La atención es aquí poderosamente puesta en juego.

Si ésta decae por un instante, se comete un descuido que da como resultado perjuicio o derrota. Como los movimientos posibles no sólo son múltiples, sino también intrincados, las probabilidades de tales descuidos se multiplican, y en nueve, de diez casos, es el jugador que posee más poder de concentración, y no el de más agudeza, quien triunfa. En las damas, por el contrario, donde los movimientos son únicos y tienen muy poca variación, las probabilidades de inadver-

[1] En francés en el original: raros.

tencia son mínimas, y como la simple atención queda relativamente desocupada, es la agudeza la que da la ventaja a los contendientes. Para ser menos abstracto, supongamos un juego de damas donde las piezas se reducen a cuatro damas, y donde, desde luego, no hay posibilidad de descuido. Es obvio que, en este caso, la victoria sólo puede ser decidida (estando los jugadores en igualdad de condiciones) por algún movimiento *recherché*[2], resultado de un esfuerzo de la inteligencia. Privado de los recursos corrientes, el analista penetra en el espíritu de su oponente, se identifica con él, y en no raras ocasiones descubre de una ojeada los únicos métodos (algunas veces, de hecho, absurdamente sencillos) por los cuáles puede inducirlo a error o arrastrarlo a un cálculo equivocado.

El juego del *whist* ha sido señalado durante mucho tiempo por su influencia sobre el llamado poder calculador, y se sabe de hombres del mayor grado de inteligencia que han sentido un inexplicable deleite por él, mientras huían del ajedrez como algo demasiado frívolo. Sin lugar a dudas, no hay nada de naturaleza similar que ejercite tanto la facultad de análisis. El mejor jugador de ajedrez de la cristiandad puede ser poco más que el mejor jugador de ajedrez; pero la pericia en el *whist* implica ya capacidad para el éxito en todas las más importantes empresas donde la inteligencia lucha contra la inteligencia. Cuando digo pericia quiero significar aquella perfección en el juego que incluye la comprensión de todas las fuentes de donde puede derivarse una ventaja legítima. Estas fuentes no sólo son variadas, sino multiformes, yaciendo frecuentemente en los escondrijos del pensamiento completamente inaccesibles a la comprensión ordinaria. Observar atentamente es recordar distinta-

[2] En francés en el original: «rebuscado». *(N. del T.)*

mente; y desde luego, el concentrado jugador de ajedrez lo hará muy bien al *whist.* Además, las reglas de Hoyle (basadas en el simple mecanismo del juego) son en general suficientes y conocidas. Así, el poseer una memoria retentiva y proceder conforme «al libro» son puntos comúnmente considerados como el compendio total del buen jugador. Pero es en los casos que están más allá del límite de la pura regla donde se pone en evidencia la habilidad del analista. Éste hace en silencio un cúmulo de observaciones y deducciones. Tal vez sus compañeros harán otro tanto, pero la diferencia en la extensión de la información obtenida reside no tanto en la validez de la deducción como en la calidad de las observaciones. El conocimiento necesario es el que se consigue observando. Nuestro jugador no se encierra en sí mismo; ni porque el juego sea su objeto ha de rehusar ciertas deducciones que se originan de las cosas externas del juego. Examina la fisonomía de su compañero, comparándola cuidadosamente con cada uno de sus oponentes. Tiene en cuenta el modo de distribuirse las cartas en cada mano, a menudo contando triunfo por triunfo y figura por figura, según las miradas que las dedican sus respectivos los tenedores. Percibe cada variación en el rostro de los jugadores a medida que el juego progresa, acumulando en el fondo de su mente las diferencias en las expresiones de certidumbre, de sorpresa, de triunfo o de desagrado. Por el modo de recoger una baza, juzga si la persona que la toma puede hacer otra del mismo palo. Reconoce lo que se juega fingidamente por el aire con que se echa la carta sobre la mesa. Una palabra casual o inadvertida; la caída casual de una carta o el volverla con la consiguiente ansiedad, o la indiferencia del jugador al ocultarla otra vez; el contar las bazas por el orden de su colocación; el desconcierto, la vacilación, la ansiedad o temor, todo ello suministra a su percepción, aparentemente intuitiva, indicaciones del verdadero estado de las cosas. Una vez jugadas dos o tres bazas, ya está en condiciones de conocer el juego ajeno, y de aquí en adelante echa sus cartas con tan absoluta precisión de propósito, como si el resto de los jugadores jugarán con las cartas boca arriba.

El poder analítico no debe ser confundido con la simple generosidad, pues en tanto que el analista es necesariamente ingenioso, el hombre ingenioso es, la mayoría de las veces, notablemente inepto para el análisis. El poder consecuente o combinado por el cual la ingeniosidad se manifiesta, y al que los frenólogos (yo creo que erróneamente) han designado un órgano aparte, suponiéndolo una facultad primitiva, se ha visto frecuentemente en aquellos seres cuya inteligencia bordeaba la idiotez, lo que ha llamado poderosamente la atención entre los escritores moralistas.

Entre la ingeniosidad y la habilidad analítica existe una diferencia mucho mayor que entre la fantasía y la imaginación; pero el carácter esencial es exactamente el mismo. De hecho, se observará que lo ingenioso es siempre fantástico, y que el verdaderamente imaginativo no es otra cosa que analítico.

La narración que sigue proporcionará al lector una ilustración bastante expresiva de las proposiciones hasta aquí indicadas.

Residiendo en París durante la primavera y parte del verano del año 18..., trabé amistad con un señor llamado M. C. Augusto Dupin. Este joven caballero pertenecía a una excelente e incluso ilustre familia, pero a causa de una serie de contratiempos, se había visto reducido a una pobreza tal que la energía de su carácter sucumbió a ella y renunció a sus ambiciones mundanas, no haciendo nada por restablecer de nuevo su fortuna. Por cortesía de sus acreedores permanecía aún en su posesión un pequeño remanente de su patrimonio, y con la renta que obtenía de este modo pudo arreglárselas, por medio de una rigurosa economía, para procurarse lo necesario para vivir, sin importarle por su parte todo lo superfluo. Los libros eran su único lujo, y en París es fácil adquirirlos.

Nuestro primer encuentro fue en una oscura librería de la calle Montmartre, donde la casualidad de andar buscando los dos el mismo raro y notable volumen nos puso en estrecha comunicación. Nos vimos muy a menudo. Yo estaba profundamente interesado por su pequeña historia familiar, que él me detalló con todo el candor con que un francés lo hace cuando se extienden sobre esta clase de temas. También me maravilló la enorme cantidad de libros que había leído y, sobre todo, sentí que mi alma se enardecía con el violento ardor y la viva frescura de su imaginación. Buscando en París objetos que también a mí me interesaban, supuse que la amistad con tal persona podría ser para mí un tesoro de inapreciable valor, y con este sentimiento me confié francamente a él. Por fin quedó concertado que viviríamos juntos durante mi estancia en la ciudad, y como mi situación monetaria era algo menos embarazosa que la suya, se me permitió participar en los gastos de alquiler y amueblamiento, de manera que encajara con lo fantástico y melancólico de nuestro común temperamento, una casa vetusta y grotesca abandonada hacía mucho tiempo a causa de alguna superstición que no nos preocupamos de averiguar, y que se tambaleaba como si fuese a hundirse, en un retirado y desolado rincón del barrio St. Germain.

Si nuestro rutinario modo de vivir hubiera sido del dominio público, nos hubieran tomado por locos —aunque, tal vez, por locos de una especia inofensiva—. Nuestro retiro era perfecto. Nosotros no admitíamos visitantes. En realidad, la localidad de nuestro retiro había sido cuidadosamente mantenida en secreto para mis antiguos camaradas, y por lo que respecta a Dupin, éste hacía mucho tiempo ya había cesado de conocer a nadie o de tener relaciones en París. Vivíamos solos, encerrados en nuestro mundo interior.

Una extravagante fantasía de mi amigo (¿de qué otro modo podría llamarla?) consistía en estar enamorado de la Noche, y en esta extravagancia, como en tantas otras, caí poco a poco, entregándome a ella con perfecto abandono. La negra divinidad no podía habitar siempre entre nosotros, pero podíamos falsificar su presencia.

Al primer indicio del amanecer cerrábamos todos los macizos postigos de nuestra vieja mansión y encendíamos un par de velas fuertemente perfumadas que despedían los más débiles y pálidos rayos. Con la ayuda de éstos ocupábamos entonces nuestras mentes en leer, escribir o conversar, hasta que algún reloj nos hacía saber que la verdadera oscuridad había llegado. Entonces salíamos a vagabundear por las calles en amigable compañía, continuando nuestras charlas sobre los temas del día, hasta muy tarde, buscando entre las extrañas luces y sombras de la populosa ciudad los estímulos mentales que la tranquila observación podía proporcionarnos.

En tales momentos yo no podía dejar de notar y admirar (aunque de su rica idealidad cabía esperarlo todo) una peculiar habilidad analítica de Dupin. Además, parecía sentir un ávido deleite en su ejercicio —si no exactamente en representarlo—, y no vacilaba en confesar el placer que aquello le causaba. Se jactaba ante mí, con una risita que quedaba ahogada entre dientes, de que, a su parecer, la mayoría de los hombres llevaban ventanas en sus pechos, y para demostrármelo acostumbraba añadir a tales afirmaciones pruebas directas y alarmantes, basándose en el profundo conocimiento que tenía de mi manera de ser. Sus modales en aquellos momentos eran finos y abstractos; sus ojos estaban vacíos y carentes de expresión, mientras su voz, por lo general de tenor, se elevaba hasta un atiplado que hubiera sonado petulante de no ser por lo deliberado y completo de su enunciación. Observándolo en aquellos momentos, me solía entregar a meditar sobre la antigua filosofía del Espíritu Doble, y me divertía conmigo mismo imaginándome un doble Dupin: el creador y el analizador.

No vaya a suponerse, por lo que acabo de decir, que estoy detallando algún misterio o escribiendo una novela. Lo que he descrito de aquel francés era simplemente el resultado de una inteligencia excitada o tal vez enferma. Pero del carácter de sus observaciones, en la época en cuestión, un ejemplo dará una idea más completa.

Estábamos paseando una noche por una callejuela larga y fangosa de los alrededores del *Palais Royal,* sumidos ambos en nuestros propios pensamientos, aparentemente. Ninguno de los dos, durante quince minutos, había hablado una sola palabra. De repente, Dupin rompió el silencio al decir:

—Es un buen muchacho, ésta es la verdad, y sería mejor que se pusiera a trabajar en el Teatro de las Variedades.

—Sin lugar a dudas —repliqué inconscientemente, sin observar aún, tan absorto había estado en mis reflexiones, de qué modo extraordinario mi interlocutor había descubierto mis propias meditaciones.

Un instante después volví en mí, y mi asombro alcanzó un grado superlativo.

—Dupin —dije yo gravemente—, esto va más allá de mi comprensión. No tengo reparo en decir que estoy asombrado y que apenas puedo dar crédito a mis sentidos. ¿Cómo es posible que sepas lo que yo estaba pensando? En...

Me detuve para convencerme si él sabía realmente en quién estaba pensando.

—En Chantilly —aseguró—. ¿Por qué te detienes? Tú estabas pensando que la diminuta figura de un hombre no puede cuajar en representaciones dramáticas.

Aquello era precisamente lo que había sido objeto de mis reflexiones. Chantilly era un antiguo zapatero remendón de la calle St.-Denis, a quien le entró la locura teatral y había intentado representar el papel de Jerjes en la tragedia de Crebillón, por lo que fue notoriamente satirizado.

—Dime, por Dios —exclamé—, el método, si tal método existe, gracias al cual te ha sido posible profundizar en mi espíritu de este modo.

En realidad, yo estaba mucho más asustado de lo que hubiera estado dispuesto a confesar.

—Fue el vendedor de frutas —replicó mi amigo— quien me hizo llegar a la conclusión de que el remendón no era de suficiente categoría para representar Jerjes *et id genus omne* («y otros del mismo estilo»).

—¡El frutero! ¡Me asombras! ¡Yo no conozco a ningún frutero!

—Me refiero al hombre que se ha tropezado contigo cuando entramos en la calle, hará unos quince minutos.

Entonces recordé que, de hecho, un frutero, que llevaba sobre la cabeza un gran cesto de manzanas, por poco me hace caer sin querer cuando pasábamos de la calle G..., al callejón donde estábamos ahora; pero lo que yo no lograba comprender era lo que tenía esto que ver con Chantilly.

Desde luego, Dupin no era nada parecido a un charlatán.

—Te lo explicaré —dijo él—, y para que tú puedas comprenderlo todo con claridad, retrocederemos en el curso de nuestras meditaciones, desde el momento en que te hablé hasta el encuentro con el vendedor de frutas en cuestión. Los principales eslabones de la cadena son: Chantilly,

Orión, doctor Nichols, Epicuro, la Estereotomía, las piedras de la calle y el frutero.

Existen pocas personas que en algún momento de su vida no se hayan divertido en recorrer hacia atrás los pasos que les habían conducido a una singular conclusión de su mente. La ocupación a menudo está llena de interés, y el que intenta esto por vez primera se sorprende por la, en apariencia, ilimitada distancia e incoherencia que parecen mediar entre el primer punto y la meta del asunto.

Cuál no sería mi sorpresa al oír las palabras del francés, y al tener que reconocer que había dicho la verdad. Él continuaba:

—Nosotros habíamos estado hablando de caballos, si no me equivoco, en el momento en que íbamos a dejar la calle C... Este fue el último tema que discutimos. Cuando entramos en esta calle, un frutero con un gran cesto sobre la cabeza se nos vino encima, empujándote contra un montón de adoquines apilados como consecuencia de la reparación del pavimento. Tropezaste con uno de los cantos sueltos resbalaste, se te dobló ligeramente el tobillo, y después de murmurar unas cuantas palabras, te volviste para mirar el montón y proseguiste andando en silencio. Yo no estaba muy atento a lo que hacías, pero la observación ha llegado a ser para mí, desde hace mucho tiempo, una especie de necesidad.

Tú clavaste la mirada en el suelo, contemplando con expresión de enfado todos los hoyos y surcos del pavimento...; por este detalle deduje que todavía estabas pensando en las piedras..., hasta que llegamos a una pequeña callejuela llamada Lamartine, que ha sido pavimentada, a manera de prueba, con piedras superpuestas y luego remachadas. Al entrar allí, tu semblante se iluminó, y al ver que se movían tus labios, no he podido dudar de que murmurabas la palabra estereotomía, término que se aplica muy afectadamente a esta clase de pavimentación. Sabía que no podías decir estereotomía sin pensar en los átomos, así como en las teorías de Epicuro; y como sea que hace poco tiempo estuvimos discutiendo sobre estas teorías, te hice notar de qué modo tan singular, y sin que haya sido muy advertido, las vagas conjeturas de aquel noble griego habían hallado confirmación en la última cosmogonía nebular. Comprendí que no podrías evitar el levantar la vista hacia la gran nebulosa de Orión, y al hacerlo me aseguré de que había seguido tus pasos correctamente. Ahora bien: en aquella amarga diatriba sobre Chantilly que apareció en la edición de ayer del *Musée,* el escritor satírico, haciendo algunas ofensivas alusiones al cambio de nombre del remendón al calzarse el coturno, citaba una frase latina sobre la cual hemos conversado frecuentemente. Me refiero al verso:

Perdidit autiquum litera prima sonum.

(«La letra primera perdió su sonido antiguo».)

Yo te había dicho que este verso se refería a que la palabra Orión se escribía primitivamente Urion, y por ciertas mordacidades relacionadas con esta explicación, he tenido la seguridad de que no lo habrías olvidado. Era evidente que no dejarías de relacionar las ideas de Orión y Chantilly. Me di cuenta de que las combinabas por el carácter de la sonrisa que se dibujó en tus labios. Has pensado en aquella inmolación del pobre remendón. Hasta entonces habías caminado ligeramente encorvado, pero entonces yo te vi erguirte en toda su estatura. Este detalle me convenció de que estabas pensando en la diminuta figura de Chantilly. En este punto interrumpí tus meditaciones para señalarte que, por ser en efecto un sujeto muy pequeño ese Chantilly, sería mejor que trabajase en el Teatro de las Variedades.

No mucho tiempo después de esta conversación estábamos hojeando una edición de la tarde de la *Gazette des Tribunaux,* cuando nos llamó la atención la información siguiente:

«Crímenes extraordinarios».—Esta mañana, casi a las tres, los habitantes del barrio St. Roch fueron despertados por una serie de espantosos gritos que salían, al parecer, de la cuarta planta de una casa de la calle de la Morgue, que se sabía habitada solamente por una señora apellidada L'Espanaye y su hija Camille. Después de una demora ocasionada por los infructuosos intentos para poder entrar en la casa de modo normal, se procedió a abrir con una palanqueta la puerta principal, entrando ocho o diez vecinos acompañados de dos gendarmes. En aquel momento habían cesado los gritos, pero cuando aquellas personas se lanzaron escaleras arriba, se distinguieron dos o más voces ásperas que parecían proceder de la parte superior de la casa. Cuando llegaron al segundo piso, el ruido había cesado y todo permanecía perfectamente tranquilo. El grupo se dividió, recorriendo apresuradamente habitación por habitación. Al llegar a una vasta sala trasera del cuarto piso (cuya puerta, por estar cerrada con la llave por dentro, tuvo que ser forzada) se ofreció a cada uno de los presentes un espectáculo horroroso y al mismo tiempo sorprendente.

El apartamento estaba en absoluto desorden, con los muebles rotos y esparcidos en todas direcciones. Sólo quedaba la armadura en una cama: ésta había sido trasladada y tirada en medio del suelo. Sobre una silla había una navaja de afeitar salpicada de sangre. En la chimenea se hallaron dos o tres largos rizos de cabello humano de color gris, también manchados de sangre, y que parecían haber sido arrancados de raíz. Sobre el suelo se encontraron cuatro napoleones, un pendiente con un topacio, tres grandes cucharas de plata y otras tres más pequeñas de metal d'Alger, y dos bolsos que contenían casi cuatro mil francos en oro. En un rincón había una cómoda con los cajones abiertos y aparentemente saqueados, aunque en ellos quedaban todavía algunos objetos. Se descubrió un cofrecito de hierro que estaba bajo la cama (no bajo la armadura). Estaba abierto, con la llave todavía en la cerradura, y no contenía sino unas pocas cartas viejas y otros papeles de poca importancia.

De la señora L'Espanaye no se había encontrado rastro alguno, pero al observarse en el hogar de la chimenea una cantidad de hollín poco común, se hizo una exploración de la misma, y (¡horrible de relatar!) se extrajo de allí el cadáver de la hija, que estaba cabeza abajo y que había sido introducido de esta forma por el estrecho conducto, hasta una considerable altura. El cuerpo estaba todavía caliente. Al examinarlo, se apreciaron en él numerosas excoriaciones, ocasionada sin duda por la violencia conque había sido embutido allí y el esfuerzo de sacarlo. Sobre la cara tenía numerosos arañazos y en la garganta oscuras magulladuras y profundas huellas de uñas, como si la muerta hubiera sido estrangulada.

Después de una concienzuda investigación de todos los lugares de la casa sin ningún otro descubrimiento, el grupo se dirigió a un pequeño patio interior situado detrás de la casa, donde se encontró el cuerpo de la vieja señora con la garganta completamente segada, de tal modo que, al intentar levantar el cuerpo, cayó rodando la cabeza. El cuerpo, así como la cabeza, fueron horriblemente mutilados: el primero tanto, que apenas conservaba su apariencia humana.

«Hasta ahora suponemos que no se ha encontrado la más ligera pista que lo aclare.»

El periódico del día siguiente ofrecía estos detalles adicionales:

La tragedia de la calle Morgue.—Se ha interrogado a varias personas en relación con el extraordinario y aterrador asunto (la palabra *affaire,* «asunto», no tiene en Francia la ligereza de significado que adquiere entre nosotros), pero no se ha descubierto nada que proyecte alguna luz sobre su solución. A continuación incluimos el material más importante aportado por los testigos:

Pauline Duborg, lavandera, declara que conocía a las dos difuntas desde hacía tres años, por haber lavado para ellas durante ese tiempo. La vieja señora y su hija parecían en buenos términos, muy afectuosas la una con la otra. Eran excelentes pagadoras. No puede hablar acerca de su modo o medios de vivir, pero cree que la señor L... era adivinadora o echadora de cartas. Tenía fama de tener dinero ahorrado. Nunca se encontró con nadie en la casa cuando ellas la llamaban para recoger la ropa ni cuando iba a devolverla. Está segura de que no tenían ninguna persona a su servicio. No parecía haber muebles en ninguna parte del edificio, salvo en el cuarto piso.

Pierre Moreau, estanquero, declara que hacía casi cuatro años que la señor L'Espanaye tenía la costumbre de comprarle pequeñas cantidades de tabaco y de rapé. Él nació en la vecindad y siempre ha residido allí. La muerta y su hija habían ocupado la casa donde se han encontrado sus cuerpos desde hacía más de seis años. Anteriormente, ésta estuvo ocupada por un joyero que alquilaba las habitaciones de la parte alta del edificio. La casa era propiedad de la señora

L... Estaba descontenta con los abusos de su inquilino y se trasladó a la casa, rehusando alquilar ninguna parte de ella. La vieja señora chocheaba ya un poco. El testigo sólo había visto a la hija cinco o seis veces durante los seis años. Las dos llevaban una vida excesivamente retirada y parecían tener dinero. Había oído decir entre los vecinos que la señora L... decía la buenaventura, pero él no lo creyó. Nunca había visto a ninguna persona entrar en la casa, excepto a la vieja señora y a su hija, un par de veces a un recadero y ocho o diez a un médico.

Otras muchas personas de los alrededores declaran lo mismo, pero de ninguna se dice que frecuentase la casa. No se sabe si la señora y su hija tienen algún pariente vivo. Los postigos de las ventanas de la fachada principal raras veces estaban abiertos. Los de la parte de atrás permanecían siempre cerrados, con la excepción de la gran habitación del cuarto piso. La casa era una buena casa, no muy vieja.

Isidore Muset, gendarme, declara que fue llamado casi a las tres de la mañana para que acudiera a la casa. Allí se encontró con unas veinte o treinta personas que se esforzaban por entrar. Finalmente pudo forzar la puerta con una bayoneta, no con una palanca. No tuvo mucha dificultad en abrirla, por tratarse de una puerta de doble hoja y que no tenía cerrojo ni arriba ni abajo. Los gritos fueron continuos hasta que la puerta fue forzada, y luego cesaron bruscamente. Parecían ser los alaridos de alguna persona o personas en agonía (no eran cortos y rápidos, sino altos y prolongados). El testigo subió las escaleras, y al llegar al primer piso oyó las voces de dos personas que disputaban violentamente (la una áspera, la otra muy aguda, una voz muy extraña). Pudo distinguir algunas palabras de la primera, que era la de un francés. Puede asegurar que no era voz de mujer. Pudo distinguir las palabras *sacré* y *diable,* y una vez, *¡mon Dieu!* La voz chillona era la de un extranjero. No puede estar seguro si era la voz de un hombre o de una mujer. No entendió lo que decía, pero cree que hablaba el español. El estado de la habitación y de los cuerpos fue descrito por el testigo como lo describimos nosotros ayer.

Henri Duval, un vecino, de oficio platero, declaró que era uno del grupo que primero entró en la casa. Corrobora en general el testimonio de Muset. Tan pronto como forzaron la entrada volvieron a cerrarla, para impedir la entrada del gentío que se había congregado a pesar de lo avanzado de la hora. La voz chillona, piensa el testigo, era la de un italiano. Está convencido de que no era la de un francés. No podría asegurar si se trataba de una voz de hombre; podía haber sido de mujer. No conoce la lengua italiana, y aunque no distinguió las palabras, está convencido, por la entonación, que se trataba de un italiano. Conocía a la señora L... y a su hija; había conversado con ellas frecuentemente. Está seguro de que la voz chillona no pertenecía a ninguna de ellas.

Odenheimer, fondista. Este testigo declaró voluntariamente, y como no hablaba francés, fue interrogado a través de un intérprete. Es nativo de Amsterdam. Pasaba por delante de la casa cuando comenzaron los gritos, que duraron varios minutos, probablemente diez. Eran largos y altos —terriblemente dolorosos—. Fue uno de los que entró en el edificio. Corrobora el testimonio anterior en todos sus puntos, salvo en uno. Está seguro de que la voz chillona era la de un hombre, la de un francés. No pudo distinguir las palabras pronunciadas. Eran altas y rápidas, desiguales, dichas al parecer con temor y ansiedad. La voz grave decía repetidamente *sacré, diable,* y una vez, *mon Dieu.*

Jules Mignaud, banquero de la casa «Mignaud e hijos», calle Deloraine. Es el mayor de los Mignaud. La señora L'Espanaye poseía varias propiedades. Había abierto una cuenta en su casa de banca en la primavera del año... (ocho años antes). Hacía frecuentes depósitos de pequeñas cantidades. No había sacado nada de dinero hasta tres días antes de su muerte, cuando personalmente retiró la suma de cuatro mil francos. Esta suma fue satisfecha en oro, enviándosela por medio de un empleado.

Adolphe Le Bon, empleado de la casa «Mignaud e hijos», declara que el día en cuestión, hacia el mediodía, acompañó a la señora L'Espanaye a su residencia con los cuatro mil francos, puestos en dos bolsas. Cuando se abrió la puerta, apareció la señorita L..., que tomó de sus manos una de las bolsas, mientras su madre lo aliviaba de la otra. Él, entonces, se inclinó y partió. No vio a ninguna persona en la calle en aquellos momentos. Es una calle de paso y muy solitaria.

William Brod, sastre, declara que fue uno de los del grupo que entró en la casa. Es inglés. Ha vivido en París dos años. Fue uno de los primeros en subir las escaleras. Oyó las voces que disputaban. La voz áspera era la de un francés. Pudo entender varias palabras, pero no podía recordarlas todas. Oyó distintamente *sacré* y *¡mon Dieu!* Por un momento hubo un sonido como de personas que se peleasen. La voz chillona era fuerte, más fuerte que la grave. Con seguridad, no era la voz de un inglés; parecía más bien de un alemán. Podía haber sido una voz de mujer. No entiende el alemán.

Cuatro de los testigos antes citados, al ser llamados a deponer nuevamente, declararon que la puerta de la habitación en que se halló el cuerpo de la señorita L... estaba cerrada por dentro cuando el grupo llegó a ella. Todo estaba en absoluto silencio y no se oían ruidos ni gemidos de ninguna clase. Al forzarla no se vio a nadie. Las ventanas, tanto las de la parte de atrás como las de la fachada, estaban cerradas herméticamente por dentro. Una puerta que comunicaba las dos habitaciones estaba cerrada, pero no con llave. La puerta que daba al pasillo estaba cerrada con la llave por dentro. Una pequeña habitación, en la parte delantera del cuarto piso, a la entrada del pasillo, estaba abierta, con la puerta entornada. Esta habitación estaba atestada de camas viejas, cajas y cosas por el estilo. Éstas fueron cuidadosamente apartadas y examinadas. No quedó ni una pulgada de ninguna parte de la casa que no se registrara cuidadosamente. Se enviaron deshollinadores para examinar el interior de las chimeneas. Era una casa de cuatro plantas con buhardillas (mansardas). Una puerta de trampa, en el tejado, estaba clavada muy firmemente y no parecía haber sido abierta durante mucho tiempo. En cuanto al tiempo que transcurrió desde que se oyeron las voces discutiendo hasta que forzaron la puerta del piso, los testigos no llegaron a ponerse de acuerdo. Los unos lo reducen a unos tres minutos, los otros lo alargan hasta cinco. La puerta fue abierta con gran dificultad.

Alfonso García, empresario de pompas fúnebres, declara que reside en la calle Morgue. Es natural de España, y fue uno de los del grupo que entró en la casa, pero no subió las escaleras. Es nervioso y temía las consecuencias de su agitación. Oyó las voces que disputaban. La voz áspera era la de un francés; no pudo distinguir lo que decía. La voz chillona estaba seguro de que era la de un inglés. No entiende la lengua inglesa, pero lo juzga por la entonación.

Alberto Montani, confitero, declara que fue uno de los primeros en subir las escaleras. Oyó las voces en cuestión. La voz grave era la de un francés. Distinguió varias palabras. Aquel hombre parecía reconvenir al otro. No pudo distinguir las palabras de la otra voz. Hablaba rápida y desigualmente. Cree que aquella voz era la de un ruso. Corrobora el testimonio general. Es italiano y nunca ha conversado con ningún nativo ruso.

Varios testigos que volvieron a ser llamados testificaron que las chimeneas de todas las habitaciones de la cuarta planta eran demasiado estrechas para admitir el paso de un ser humano. Por deshollinadores querían decir esas escobillas cilíndricas que se suelen emplear para limpiar las chimeneas. Estas escobillas fueron pasadas arriba y abajo por todos los cañones de la chimenea de la casa. No existía ninguna salida trasera por la que pudiera haber descendido alguien mientras el grupo subía las escaleras. El cuerpo de la señorita L'Espanaye estaba tan firmemente embutido en la chimenea que no pudo ser bajado de allí sino uniendo sus fuerzas cinco de los del grupo.

Paul Dumas, médico, declara que fue llamado al amanecer para examinar los cadáveres. Cuando llegó, yacían sobre las cuerdas de la armadura de la cama, en la habitación donde fue encontrada la señorita L... El cuerpo de la joven estaba muy magullado. Esto se justifica por el hecho de haber sido arrastrado hacia arriba por la chimenea. La garganta estaba terriblemente erosionada. Presentaba varios arañazos profundos justo debajo de la barbilla, junto con una serie de manchas lívidas que eran evidentemente impresiones dactilares. La cara estaba terriblemente descolorida y los globos de los ojos fuera de sus órbitas. La lengua había sido mordida y parcialmente seccionada. Se descubrió una gran magulladora en la boca del estómago, producida aparentemente por la presión de una rodilla. En opinión del señor Dumas, la señorita L'Espanaye había sido estrangulada por alguna persona o personas desconocidas. El cuerpo de la madre estaba horriblemente mutilado. Todos los huesos de la pierna y del brazo derechos estaban más o menos rotos. La tibia izquierda, hecha astillas, al igual que todas las costillas del lado izquierdo. Todo el cuerpo, terriblemente magullado y descolorido. No fue posible decir cuántas lesiones había recibido. Un pesado garrote de madera o alguna ancha barra de hierro; alguna silla o alguna herramienta ancha, pesada y roma, podrían haber producido semejantes resultados, con tal de ser manejadas por las manos de alguien muy fuerte. Ninguna mujer podía haberlo hecho con arma alguna. La cabeza de la difunta, cuando la vio el testigo, estaba completamente separada del cuerpo, y también golpeada. La garganta había sido cortada con un instrumento muy afilado, probablemente con una navaja de afeitar.

Alexandre Etienne, cirujano, fue llamado con el señor Dumas para inspeccionar los cuerpos. Corroboró el testimonio y las opiniones del señor Dumas. No se logró nada de importancia, aunque se interrogó a otras personas. Un crimen tan misteriosos y tan complejo en todos sus detalles nunca se había cometido en París —si es que en realidad se trataba de un crimen—. La policía no tiene pista ninguna, circunstancia poco común en asuntos de esta naturaleza. No hay, en realidad, ni sombra de la más ligera pista.»

La edición de la tarde de aquel periódico afirmaba que todavía continuaba la mayor excitación en el barrio St. Roch; que las circunstancias del crimen habían sido cuidadosamente examinadas de nuevo y se había interrogado a nuevos testigos, pero sin ningún resultado positivo. Sin embargo, un apartado mencionaba que Adophe Le Bon, el empleado de banca, había sido detenido y encarcelado, aunque nada parecía acusarlo más allá de los hechos ya relatados.

Dupin parecía singularmente interesado en la marcha de este asunto —por lo menos así lo suponía yo, a juzgar por su conducta, aunque él no hacía ningún comentario—. Sólo después del anuncio de que Le Bon había sido encarcelado, me preguntó mi opinión acerca de aquellos crímenes. Yo estaba de acuerdo simplemente con la opinión de todo París, en considerar que aquello era un misterio insoluble. No veía medio por el que pudiera darse con el criminal.

—No debemos juzgar acerca de los medios —dijo Dupin—, basándonos simplemente en la superficialidad de un interrogatorio. La policía de París, tan alabada por su sagacidad, es astuta, pero nada más. No hay ningún método en su manera de proceder, aparte la rutina momentánea. Realiza un amplio despliegue de medidas, pero las suele adaptar tan mal a los fines propuestos que nos hace pensar en Monsieur Jourdain [3] cuando pide su bata de casa para oír mejor la música. Los resultados obtenidos de este modo son la mayoría de las veces sorprendentes, y la mayor parte son obtenidos por simple diligencia y actividad. Cuando estas cualidades resultan ineficaces, los planes se vienen abajo. Vidoc, por ejemplo, era un buen adivinador y hombre perseverante; pero como no había educado el razonamiento, se equivocaba continuamente por la misma intensidad de sus investigaciones. Deterioraba su visión por mirar el objeto demasiado cerca. Podía acaso descubrir uno o dos puntos con insólita claridad, pero al hacerlo, necesariamente perdía la visión total del asunto. Ese es el resultado de ser demasiado profundo. La verdad no está siempre en un pozo. En realidad, creo que la forma de conocimiento más importante es invariablemente la superficial. La profundidad no está en los valles donde la buscamos, sino en la cumbre de las montañas. Allí es donde la descubrimos. La variedad y la causa de esta clase de error están bien simbolizadas en la

[3] El protagonista del burgués gentilhombre de Molière. *(N. del T.)*

contemplación de los cuerpos celestes. Si miramos a una estrella de lado, es decir, con el ángulo exterior de la retina..., más susceptible a las débiles impresiones de la luz que el interior..., obtendremos una apreciación más nítida de su brillo, un brillo que se va oscureciendo conforme nosotros vamos volviendo nuestra mirada de lleno hacia ella. En este último caso llega a los ojos un gran número de rayos, pero en el primero se obtiene más refinada capacidad de comprensión. Del mismo modo, por una profundidad indebida se aturde y se debilita la capacidad intelectual; así es posible hacer desaparecer a Venus del firmamento por medio de un escrutinio demasiado sostenido, demasiado concentrado o demasiado directo. En cuanto a esos crímenes, examinemos los hechos por nuestra cuenta antes de formarnos opinión alguna respecto a ellos. Esta investigación nos serviría de entretenimiento.

Aunque juzgué inoportuno este término, me abstuve de decir nada.

—Además —siguió diciendo—, Le Bon una vez me prestó una servicio, y yo no soy desagradecido. Iremos al problema con nuestros propios ojos. Conozco a G..., el prefecto de policía, y no tendremos dificultad en obtener el permiso necesario.

Obtuvimos el permiso y enseguida nos dirigimos a la calle de la Morgue. Es ésta una de esas miserables callejuelas situadas entre la calle Richelieu y la calle St. Roch. Aquel barrio está bastante apartado de donde nosotros vivimos, y por eso llegamos a una hora avanzada de la tarde. Hallamos pronto la casa, porque aún había muchas personas que estaban mirando las ventanas cerradas con una curiosidad sin objeto. Era una típica casa parisiense con una puerta principal, y en uno de sus lados había una casilla de cristales con un cristal corredizo en la ventanilla y que indicaba ser la *loge de conciérge*[4]. Antes de entrar dimos una vuelta alrededor de la casa, doblamos por una callejuela y luego doblamos otra vez, pasando por la parte de atrás del edificio. Dupin, mientras tanto, examinaba todos los alrededores, así como la casa, con una minuciosidad de atención cuya finalidad no se me alcanzaba.

Volviendo sobre nuestros pasos, nos encontramos de nuevo delante del edificio; llamamos, y una vez que enseñamos nuestras credenciales, fuimos admitidos por los agentes de guardia. Subimos al cuarto piso, donde había sido encontrado el cuerpo de la señorita L'Espanaye y en donde todavía permanecían los cadáveres. El desorden de la habitación, como es costumbre, no había sufrido cambio. Yo no vi nada que no hubiera sido manifestado ya por la *Gazette des Tribunaux*. Dupin lo escudriñó todo, incluso los cuerpos de las víctimas. Luego entramos en las otras habitaciones y en el patio interior, acompañados a todas partes por un gendarme. La investigación nos tuvo ocupados hasta el anochecer. Cuando nos fuimos camino de nuestra casa, mi compañero se detuvo unos minutos en las oficinas de uno de los diarios.

He dicho que las rarezas de mi amigo eran diversas, y que yo me adaptaba a ellas perfectamente. Entonces su humor se abstuvo de hacer ningún comentario sobre el asesinato, hasta el mediodía de la mañana siguiente. De pronto me preguntó repentinamente si había yo observado algo peculiar en la escena del atroz crimen. Había algo en su modo de intensificar la palabra *peculiar*, que sin saber por qué me estremecí.

---

[4] «Portería». *(N. del T.)*

—No, nada peculiar —le dije—; al menos, nada de lo que ya ambos no hayamos leído en los periódicos.

—Me temo —replicó él— que la *Gazette* no ha penetrado en el insólito horror del asunto. Pero olvidemos las inútiles opiniones impresas. Me parece que si este misterio se considera como insoluble es por la misma razón que debería hacerlo fácil de resolver; quiero decir, a causa del carácter desorbitado de sus circunstancias. La policía está confundida por la aparente ausencia de motivo; no por el crimen en sí, sino por la atrocidad del mismo. Está sorprendida también por la aparente imposibilidad de reconocer las voces oídas en la disputa, y también por la circunstancia de no haber encontrado arriba más que a la asesinada señorita L'Espanaye, no existiendo ningún medio de salir sin que se diera cuenta el grupo que subía por la escalera. El extraño desorden de la habitación, el cadáver metido cabeza abajo por la chimenea, la espantosa mutilación del cuerpo de la vieja señora, todas estas consideraciones, con las ya mencionadas y otras que no necesitan mención, han sido suficientes para paralizar las facultades, haciendo fracasar completamente la alabada pericia de los agentes del Gobierno. Han caído en el grande y común error de confundir lo insólito con lo abstruso. Pero es precisamente por estas desviaciones del plano de lo corriente por donde la razón encuentra su camino, si es posible, en busca de la verdad. En investigaciones tales como la que estamos siguiendo no deberíamos preguntarnos: «¿Qué ha ocurrido que no hubiera ocurrido antes?». De hecho, la facilidad con que llegaré o he llegado ya a la solución del misterio está en razón directa con su aparente insolubilidad a los ojos de la policía.

Me quedé mirando a mi interlocutor con mudo asombro.

—Ahora estoy esperando —continuó diciendo, mientras miraba la puerta de la habitación—, ahora estoy esperando a una persona que, aunque tal vez no sea quien ha perpetrado esas carnicerías, debe estar en cierta medida complicada en su comisión. De la peor parte de los crímenes cometidos es probable que sea inocente. Espero tener razón en mi suposición, pues sobre ella he basado mi esperanza de descifrar todo el misterio. Yo espero a ese hombre aquí..., en esta habitación..., de un momento a otro. Es cierto que puede no venir, pero lo probable es que venga. Si viene, será necesario detenerlo. Aquí tenemos las pistolas, y ambos sabemos cómo se usan cuando lo exigen las circunstancias.

Eché mano a las pistolas sin apenas darme cuenta de lo que hacía ni creer lo que oía, mientras Dupin seguía hablando como en un soliloquio. Ya he hablado de sus abstraimientos en semejantes ocasiones. Sus palabras estaban dirigidas hacia mí, pero su voz, aunque no muy alta, tenía esa entonación corrientemente empleada para hablar con alguien que se encuentra a gran distancia. Sus ojos ausentes miraban sólo a la pared.

—Está plenamente probado, hasta la evidencia —dijo—, que las voces que oyeron disputar las personas que subían la escalera no eran las voces de las dos mujeres. Esto no nos releva de toda duda acerca de si la anciana pudo haber matado a su hija primero y suicidarse después. Hablo de este punto sólo por respeto al método, pues la fuerza de la señora L'Espanaye hubiera sido completamente incapaz de arrastrar el cuerpo de su hija por la chimenea de la manera como fue hallado; y por otro lado, la naturaleza de sus heridas desecha completamente la idea de autodestrucción. El crimen, por consiguiente, tuvo que ser cometido por terceras personas, y las voces de estas personas son las que se oyeron disputar. Permíteme ahora hacerte notar no todo lo declarado acerca de esas voces, sino lo que hay de particular en esas declaraciones. ¿Has observado algo de particular en ellas?

—Observé que mientras todos los testigos coincidían en suponer que la voz grave era la de un francés, había mucho desacuerdo en cuanto a la voz aguda o la voz áspera, como la calificó uno de ellos.

—Esto es la evidencia misma —dijo Dupin—, pero no la peculiaridad de esa evidencia. Tú no has notado nada característico; sin embargo, había algo que se entreveía. Los testigos, como te has dado cuenta, estaban de acuerdo con la voz grave; en esto son unánimes. Pero en cuanto a la voz chillona, la particularidad está... no en que estén en desacuerdo..., sino en que, cuando un italiano, un inglés, un español, un holandés y un francés intenta describirla, cada uno habla de ella como si fuese la de un extranjero. Cada uno de ellos está seguro de que no era la voz de un compatriota suyo. Cada cual la compara no a la voz de un individuo de cualquier nación cuyo lenguaje conoce, sino todo lo contrario. El francés supone que era la voz de un español, y pudo haber entendido lo que decía si hubiera conocido el español. El español sostiene que era francés, pero hallamos la afirmación de que, «por no comprender el francés», el testigo fue interrogado por medio de un intérprete. El inglés cree que se trataba de un alemán, y «no comprende el alemán». El español está seguro de que era la de un inglés, pero «lo juzga por la entonación, puesto que no tiene ningún conocimiento del inglés». El italiano piensa que «fue la voz de un ruso, pero nunca ha conversado con un nativo de Rusia». Un segundo francés difiere mucho más del primero, y está seguro de que se trataba de la voz de un italiano, pero «no conociendo la lengua, se guía, como el español, por la entonación». Ahora bien: qué extraña debía de ser esa voz para que se pudieran dar tales testimonios sobre ella..., en cuyo tono, individuos de las cinco partes de Europa no pueden reconocer nada que les sea familiar... Tú dirás que podía haber sido la voz de un asiático o de un africano. Ni los asiáticos ni los africanos abundan en París, pero sin negar tal conjetura, quiero llamar tu atención sobre tres puntos. La voz es llamada, por uno de los testigos, como más que aguda, áspera. Otros dos la representan como rápida y desigual. No hubo palabras ni sonidos que los testigos mencionasen como inteligibles. Yo no sé qué impresión pudo haber causado esto sobre tu entendimiento, pero no vacilo en decir que estas deducciones legítimas sobre esta parte del testimonio..., la parte referente a las voces agudas y graves..., son en sí mismas suficientes para engendrar la sospecha que pueda dirigirnos para todo ulterior avance en las investigaciones del misterio. Digo «deducciones legítimas», pero mi intención no queda del todo expresada. He querido decir que las deducciones son las únicas adecuadas, y que la sospecha es el resultado inevitable que se origina de ellas. No obstante, en qué consiste tal sospecha no lo diré todavía. Solamente quiero que tengas en cuenta que para mí tiene fuerza suficiente como para dar una forma definida..., una determinada tendencia a mis investigaciones en aquella habitación.

Transportémonos imaginariamente a aquella sala. ¿Qué es lo que buscaremos en ella en primer lugar? El medio de escaparse de los criminales. No es necesario decir que ninguno de nosotros cree en hechos sobrenaturales. La señora y señorita L'Espanaye no fueron asesinadas por espíritus. Los autores del crimen eran materiales y escaparon de modo material. ¿Pero cómo? Afortunadamente, existe un medio de razonamiento sobre este punto, y este medio debe conducirnos a una solución definitiva. Examinemos uno por uno los medios de escape. Está claro que cuando el grupo subía las escaleras, los asesinos estaban aún en la habitación donde se encontró el cuerpo de la señorita L'Espanaye, o al menos en la habitación de al lado. Es, pues, únicamente en estos apartamentos donde debemos buscar las posibles salidas. La policía ha alzado los sueldos, ha perforado el techo y las mamposterías de las paredes en todas direcciones. Ninguna salida secreta hubiera podido escapar a su examen; pero no fiándome de sus ojos, examiné yo mismo la habitación. Pues bien: no existen salidas secretas. Las dos puertas que conducen al pasillo estaban fuertemente cerradas con la llave por dentro. Volviendo a las chimeneas, diré que aunque éstas tienen sobre el hogar la altura de costumbre, hasta una altura de ocho a diez pies, se estrechan después hasta el punto de no permitir pasar por su agujero ni el cuerpo de un gato. La imposibilidad de salida por los medios ya indicados es, pues, absoluta; por lo tanto, sólo nos quedan las ventanas. Por las que dan a la parte delantera de la casa, nadie hubiera podido escapar sin que lo notara la gente que había en la calle. Los asesinos deben de haber pasado entonces por las de la habitación de la parte trasera. Ahora, conseguida esta conclusión de manera tan inequívoca, no está de nuestra parte, si bien razonamos, rehusarla a causa de aparentes imposibilidades. Sólo nos queda probar que esas aparentes «imposibilidades» no son tales en realidad.

Hay dos ventanas en la habitación. Una de ellas no está obstruida por ningún mueble y es completamente visible. La parte inferior de la otra está tapada por la cabecera de la pesada armadura de la cama, que está completamente apoyada sobre ella. La primera de estas ventanas se encontró firmemente cerrada desde dentro, y resistió los más grandes esfuerzos de quienes se esforzaron por levantarla. En la parte izquierda de su marco se había hecho un gran agujero y un clavo muy grueso hundido en él casi hasta la cabeza. Al examinar la otra ventana se halló un clavo similar clavado de la misma forma, y también falló todo intento de levantarla. De este modo, la policía quedó convencida de que la huida no se había realizado en ninguna de aquellas direcciones. Y por lo tanto, se consideró superfluo sacar los clavos y abrir las ventanas.

Mi examen fue algo más minucioso, a causa de la razón que acabo de mencionar, porque yo sabía que allí era menester probar que todas aquellas aparentes imposibilidades no eran tales en realidad. Seguí razonando así, pero *a posteriori.* Los asesinos debieron de escapar por una de estas ventanas. Siendo así, no pudieron haber vuelto a cerrar los marcos desde dentro, tal como se han encontrado; por su evidencia, esta consideración cortó el escrutinio de la policía por aquella parte. Y, con todo, los bastidores estaban asegurados. Debían, pues, tener el poder de cerrarse por sí solos; no cabía otra conclusión. Me dirigí a la ventana no obstruida, quité el clavo con alguna dificultad e intenté levantar el marco. Tal como había supuesto, resistió todos mis esfuerzos. Ahora yo sabía que debía existir algún resorte oculto, y esta corroboración de mi idea me convenció de que por lo menos mis premisas eran correctas, a pesar de lo misterioso que parecían las circunstancias referentes a los clavos. Una cuidadosa investigación pronto me trajo a la luz el resorte oculto. Lo apreté, y satisfecho ya con mi descubrimiento, me abstuve de levantar el bastidor. Entonces volví a colocar el clavo y lo miré atentamente. Una persona que pasara por aquella ventana podía haberla vuelto a cerrar y el resorte haberse encogido solo, pero el clavo no podía haber sido colocado. La conclusión era sencilla y estrechaba todavía más el campo de mis investigaciones. Los asesinos debían, pues, de haberse escapado a través de la otra ventana. Suponiendo entonces que los resortes de cada bastidor fueran iguales, cosa muy probable, debía de existir una diferencia entre los clavos, o al menos en la manera de clavarlos. Subiéndome sobre las cuerdas de la armadura de la cama, miré minuciosamente, sobre la cabecera, la segunda ventana. Pasando la mano por detrás de la tabla, enseguida descubrí y apreté el resorte, que era, como yo había supuesto, de carácter idéntico al de su vecino. Entonces miré bien al clavo. Era tan grueso como el otro y aparentemente clavado de igual modo..., metido casi hasta la cabeza.

Dirás, sin duda, que debí quedarme desconcertado; pero si crees eso no has comprendido bien la naturaleza de mis deducciones. Para usar una frase deportiva, no había estado ni una sola vez «en falta». No había perdido la pista ni por un instante. No había fisura alguna en los eslabones de la cadena. Había rastreado el secreto hasta su último resultado, y este resultado era el clavo. Tenía, como digo, en todos los aspectos la apariencia de su compañero de la otra ventana, pero este hecho era de absoluta nulidad, conclusivo como parecía ser, comparado con la consideración de que aquí, en este punto, terminaba la pista.

Debe de haber algo mal..., me decía yo..., en este clavo. Lo toqué, y la cabeza, junto con casi un cuarto de pulgada de su caña, se quedó en mis dedos. El resto del clavo se quedó en el interior del agujero, donde había sido roto. La fractura era antigua, porque sus bordes estaban repletos de moho, y aparentemente había sido producida por el golpe de un martillo, que había encajado parcialmente la cabeza del clavo en el interior del marco. Entonces, cuidadosamente, volví a colocar esta parte de la cabeza en la muesca de donde la había sacado, y su semejanza con un clavo perfecto fue completa..., la fisura era invisible... Apretando el resorte, levanté suavemente el marco unas pulgadas; la cabeza del clavo subió con él, permaneciendo firme en su lecho. Cerré la ventana y las apariencias de clavo entero volvían a ser perfectas.

Hasta aquí, el enigma estaba ya resuelto. El asesino se había escapado a través de la ventana que daba a la cama. Al caer la ventana por sí misma cuando hubo salido..., o tal vez cerrada a propósito..., había quedado afirmada por el resorte, y era la sujeción de este resorte lo que equivocó a la policía, quien pensaba que estaba asegurada por el clavo, descartando así cualquier investigación por considerarla innecesaria.

El problema siguiente es el modo de que se valió el asesino para descender. Sobre este punto yo había quedado satisfecho con mi paseo contigo alrededor del edificio. A cerca de cinco pies y medio de la ventana en cuestión pasa una barra pararrayos. Desde la barra hubiera sido imposible para nadie llegar a la ventana en cuestión, por no decir entrar en ella. Sin embargo, observé que los postigos de la cuarta planta eran de una clase particular, llamados por los carpinteros parisienses *ferrades...;* una clase raramente empleada hoy, pero que frecuentemente se puede ver en las viejas mansiones de Lyon y Burdeos. Tienen la forma de una puerta ordinaria de una sola hoja, no doble; pero la mitad superior está enrejada o trabajada en un enrejado abierto, ofreciendo de este modo un excelente agarradero para las manos. En el presente caso, estos postigos tienen tres pies y medio de ancho. Cuando los vimos desde la parte de atrás de la casa estaban ambos medio abiertos, es decir, que aparecían formando ángulo recto con la pared. Es probable que la policía examinara, como yo mismo, la parte trasera de la finca; pero si lo ha hecho, al mirar estos *ferrades* en el sentido de su altura..., como debe de haber sido..., no se han dado cuenta de la gran anchura de éstas, o en todo caso no le han concedido demasiada importancia. De hecho, habiendo ya decidido que no había salida posible desde la habitación, sólo habían prestado a todos estos detalles una atención muy superficial. Sin embargo, era evidente que el postigo perteneciente a la ventana de la cabecera de la cama, si se le abría del todo hasta que tocase la pared, alcanzaría hasta dos pies de la barra pararrayos. Era también evidente que, desplegando un grado poco común de actividad y coraje, podía haberse efectuado una entrada a la ventana desde la mencionada barra. Al encontrarse a la distancia de dos pies y medio..., supongamos el postigo completamente abierto..., un ladrón podía haber hallado un firme asidero en la parte enrejada. Dejándose deslizar después desde el caño, colocando sus pies firmemente contra la pared, con un salto osado, podía haberse agarrado al postigo, haciéndolo girar al mismo tiempo hacia la ventana, y si imaginamos la ventana abierta en aquel momento, con un pequeño impulso se hubiera encontrado en el interior de la habitación.

Desearía que tuvieses muy presente que me estoy refiriendo a un grado poco común de actividad, requisito éste indispensable para tener éxito en una acción tan arriesgada y dificultosa. Mi propósito ha sido mostrarse en primer lugar que el hecho, posiblemente, puede haber sido realizado; pero en segundo lugar, y principalmente, deseo dejar impreso en tu entendimiento el muy extraordinario, el casi sobrenatural carácter de la agilidad con que pueda haberse realizado.

Me dirás, sin duda, usando el lenguaje de la ley, que «para justificar mi caso» debería más bien desvalorar la actividad requerida en esta ocasión, en vez de insistir en su plena estimación. Este puede ser un recurso forense, pero no el de la razón. Mi objetivo final sólo consiste en la verdad, y mi propósito inmediato es conducirte al lugar donde se yuxtapone esa insólita actividad de que acabo de hablar con esa peculiarísima voz aguda o áspera y desigual, acerca de cuya nacionalidad no había dos personas que estuviesen de acuerdo, y en cuya pronunciación no se pudo descubrir una sola sílaba.

Al oír aquellas palabras cruzó por mi mente una vaga y medio formada concepción de lo que quería decir Dupin. Me parecía estar al borde de la comprensión, sin poder comprender, como los que a veces se hallan a punto de recordar, sin ser capaces, al fin, de lograrlo. Mi amigo continuó su relato:

—Verás —dijo— que he trasladado el centro de la cuestión desde el procedimiento de salida al de entrada. Mi propósito fue sugerir que ambas fueron efectuadas del mismo modo y por un mismo sitio. Volvamos ahora al interior de la habitación e inspeccionemos sus detalles. Los cajones del *bureau,* según se dijo, fueron saqueados, aunque muchos artículos de vestir permanecían aún en ellos. La conclusión aquí es absurda. Es una simple conjetura..., muy tonta por cierto, y nada más. ¿Cómo sabemos que los artículos encontrados en los cajones no era todo lo que habían contenido originariamente? La señora L'Espanaye y su hija llevaban una vida excesivamente retirada...: no se las veía con nadie, raras veces salían... No tenían ocasión para cambiarse mucho de ropa. Las que se encontraron eran, al menos, de tan buena calidad como las que pudieran poseer aquellas damas. Si un ladrón hubiese tomado alguna, ¿por qué no cogió las mejores?, ¿por qué no se las llevó todas?, ¿por qué abandonó cuatro mil francos en oro para llevarse un fardo de ropa blanca? El oro fue abandonado, y casi toda la suma mencionada por el señor Mignaud, el banquero, fue descubierta en bolsas sobre el suelo. Deseo, por lo tanto, que rechaces de tus pensamientos la desatinada idea de un motivo, engendrado en los cerebros de la policía, por esa parte de la prueba que habla del dinero entregado en la puerta de la casa. Coincidencias diez veces más notables que ésta..., la entrega del dinero y asesinato cometido en tres días sobre la persona que lo recibe..., nos suceden a cada momento de nuestras vidas sin llamarnos la atención siquiera momentáneamente. Por lo general, las coincidencias grandes son tropiezos en el camino de esta clase de pensadores que han sido educados sin saber nada sobre la teoría de las probabilidades, esa teoría a la que las más gloriosas conquistas del descubrimiento humano deben lo más grandioso del saber. En el presente ejemplo, si el oro hubiera desaparecido, el hecho de su entrega tres días antes hubiera podido formar algo más que una coincidencia. Hubiera podido corroborar esa idea del motivo. Pero bajo las circunstancias reales del caso, si hemos de suponer que el oro ha sido el motivo, debemos imaginar también que quien lo ha cometido es tan vacilante y tan idiota que ha abandonado al mismo tiempo su oro y su motivo. Conservando ahora en nuestra mente los puntos acerca de los cuáles te he llamado la atención...: aquella voz peculiar, aquella insólita agilidad y aquella sorprendente ausencia de motivo en un asesino tan singularmente atroz como éste..., examinemos esa carnicería por sí misma. He aquí una mujer estrangulada por la fuerza de unas manos y embutida en la chimenea cabeza abajo. Los asesinos ordinarios no emplean tales medios de matar, y mucho menos disponen de ese modo del asesinado. En la manera de introducir el cadáver por la chimenea admitirás que hay algo excesivamente extraño, algo del todo irreconciliable con nuestra común opinión de las acciones humanas, aun cuando supongamos que los autores sean los más depravados de los hombres. Piensa, además, que grande ha debido de ser esa fuerza que pudo introducir tan violentamente el cuerpo hacia arriba en una abertura tan pequeña, que para sacarlo fue preciso apelar a la fuerza de varias personas.

Volviendo de nuevo a las otras indicaciones del empleo de una energía maravillosa, en el hogar fueron encontradas unas trenzas de espesos cabellos grises. Éstas habían sido arrancadas de raíz. Tú sabes la gran fuerza que se necesita para arrancar sólo veinte o treinta cabellos a la vez, y tú has visto las trenzas tan bien como yo. Sus raíces, ¡horrible espectáculo!, mostraban adheridos fragmentos de carne del cuero cabelludo, prueba segura de la prodigiosa fuerza que ha sido precisa para arrancar tal vez medio millón de cabellos al mismo tiempo. La garganta de la vieja señora no sólo estaba cortada, sino la cabeza completamente separada del cuerpo: y el instrumento fue una simple navaja de afeitar.

Deseo también que observes la brutal ferocidad de aquellas acciones. De las magulladoras del cuerpo de la señora L'Espanaye no hablo. El señor Dumas y su valioso ayudante, el señor Etienne, han declarado que fueron causadas por un instrumento algo romo. El instrumento romo fue, claro está, la piedra del pavimento del patio sobre el que la víctima cayó desde la ventana que da encima de la cama. Sin embargo, esta idea, por muy simple que nos parezca ahora, escapó a la policía por la misma razón que pasaron por alto la anchura de los postigos, porque a causa del asunto de los clavos, su percepción había quedado herméticamente sellada contra la posibilidad de que las ventanas hubieran sido abiertas en alguna ocasión.

Si ahora, además de todas estas cosas, has reflexionado adecuadamente sobre el raro desorden de la habitación, habremos llegado tan lejos como para combinar las ideas con una agilidad sorprendente: una fuerza sobrehumana, una carnicería sin motivo, una ferocidad brutal, una extravagancia dentro de lo horrible, absolutamente carente de naturaleza humana, y una voz extraña por su tono para los oídos de los hombres de varias naciones y carente de todo silabeo o modulación. ¿Qué se desprende de todo esto? ¿Qué impresión ha causado en tu imaginación?

Cuando Dupin me hizo aquella pregunta sentí un escalofrío.

—Un loco —dije— ha cometido este crimen; algún maniático furioso, escapado de un manicomio próximo.

—En algunos aspectos —contestó— tu idea no es absurda. Pero las voces de un loco, aun en los más feroces paroxismos, no pueden compararse con la voz peculiar oída en las escaleras. Los locos son de alguna nación, y su lenguaje, aunque incoherente en sus palabras, tiene siempre la coherencia de la silabificación. Además, el cabello de los locos no es como el que tengo en mi mano. He desenredado este pequeño mechón de los dedos rígidos y crispados de la señora L'Espanaye. Dime lo que te parece todo esto.

—¡Dupin —dije completamente desconcertado—, este cabello es muy poco común; esto no es pelo humano!

—Yo no he dicho que lo fuese —dijo él—, pero antes de decidirnos sobre este punto, deseo que mires este pequeño esbozo que he dibujado sobre este papel. Es un facsímil de lo que ha sido descrito por una parte de los testigos como «oscuras contusiones y profundas huellas de uñas», y por otra parte..., los señores Dumas y Etienne..., como una serie de manchas lívidas, debidas evidentemente a la presión de unos dedos.

Notarás —continuó mi amigo, extendido el papel delante de nosotros sobre la mesa— que este dibujo da la idea de una presión firme y segura. No hay ningún deslizamiento aparente. Cada dedo ha retenido, posiblemente hasta la muerte de la víctima, la presa terrible que ha producido el moldeado. Intenta ahora colocar todos tus dedos al mismo tiempo en las respectivas huellas tal como las ves.

Lo intenté, pero resultó en vano.

—Posiblemente no estamos haciendo una prueba muy justa —dijo—. El papel está extendido sobre una superficie plana, pero la garganta humana es cilíndrica. Aquí hay un trozo de madera, casi de la misma circunferencia que la garganta. Envuelve el dibujo en él y trata de repetir la prueba.

Así lo hice, pero la dificultad fue aún más patente que antes.

—Esta —dije— no es la huella de una mano humana.

—Lee ahora —replicó Dupin impertérrito— este pasaje de Cuvier.

Era una descripción anatómica minuciosa y general del gran orangután fulvo de las islas malayas. La gigantesca estatura, la fuerza prodigiosa y actividad, la sorprendente ferocidad y las tendencias imitadoras de estos mamíferos son simplemente bien conocidas de todos. Desde el primer momento comprendí todos los horrores del asesinato.

—La descripción de los dedos —dije yo cuando acabe de leer— concuerda exactamente con el dibujo, y veo que ningún otro animal sino el orangután de la especie que aquí se menciona hubiera podido imprimir huellas como las que tú has trazado. Además, ese mechón de pelo tostado es idéntico al del animal descrito por Cuvier. Pero no puedo comprender las particularidades de tan espantoso misterio. Además, se oyeron disputar dos voces, y una de ellas era indiscutiblemente la de un francés.

—Es verdad; y tú recordarás una expresión atribuida casi unánimemente por la evidencia a esa voz: la expresión *¡mon Dieu!* Estas palabras, en aquellas circunstancias, fueron caracterizadas por uno de los testigos..., Montani, el confitero..., como una expresión de protesta y reconvención. Por lo tanto, sobre estas dos palabras ha sido donde he basado mis esperanzas de una solución completa del enigma. Un francés tuvo conocimiento del crimen. Es posible, y de hecho es más que probable, que él sea inocente de toda participación en los sangrientos sucesos que tuvieron lugar. El orangután pudo habérsele escapado. Él pudo haber seguido su rastro hasta la habitación, pero bajo aquellas agitadas circunstancias que se produjeron, puede que no lo haya capturado todavía. El animal todavía sigue en libertad. No proseguiré estas conjeturas..., no tengo derecho a llamarlas de otro modo..., ya que las sombras de reflexión sobre las que se basan apenas tienen la suficiente profundidad para apreciarlas mi propia inteligencia, y menos aún para pretender hacerlas inteligibles a la comprensión de los demás. Las llamaremos, pues, conjeturas, y hablaremos de ellas como tales. Si el francés en cuestión es, en realidad, como supongo, inocente de dicha atrocidad, este anuncio que yo dejé la pasada noche al volver a casa en la oficina de *Le Monde..,* un periódico dedicado al interés marítimo y muy leído por los marineros..., nos lo traerá a nuestra residencia.

Me entregó el periódico y yo leí lo siguiente:

«Captura.—En el bosque de Bolonia, a primeras horas de la mañana del día... de los corrientes (la mañana del crimen), se capturó a un enorme orangután de color rojizo, de la especie de Borneo. El propietario, de quien se sabe que es marino perteneciente a un barco maltés, puede recuperar el animal si lo identifica satisfactoriamente y paga algunos gastos que provienen de su captura y cuidado. Llamar al número... Calle... Barrio St.-Germain, tercero.»

—¿Cómo es posible —pregunté— que supieras la profesión del hombre y que pertenecía a un barco maltés?

—Yo no lo sé —dijo Dupin—; no estoy seguro de ello. Pero aquí tengo un pedacito de cinta que, por su forma y apariencia grasienta, ha sido evidentemente empleada en atar una de esas largas coletas a las que son tan aficionados los marineros. Además, aquel nudo era uno de esos que pocas personas saben atar y es propio de los malteses. Yo recogí la cinta al pie de la barra pararrayos. No podía pertenecer a ninguna de las víctimas. Ahora bien, si después de todo estoy equivocado en mi deducción de la cinta y de que el francés era un marinero perteneciente a la tripulación del *Maltese,* no habré causado ningún mal a nadie diciendo lo que digo en el anuncio. Si me he equivocado, él simplemente supondrá que me he confundido por alguna circunstancia que él no se tomará la molestia en analizar. Pero si tengo razón, se habrá dado un gran paso adelante. Conocedor, aunque inocente, del crimen, el francés, como es natural, vacilará en responder al anuncio, acerca de si debe pedir el orangután. Él razonará así: «Yo soy inocente; yo soy pobre; mi orangután es de gran valor, y para un hombre en mi situación supone una fortuna. ¿Por qué perderlo por varias aprensiones de peligro? Aquí está a mi alcance. Fue encontrado en el bosque de Bolonia, a gran distancia del escenario de aquella carnicería. ¿Cómo se puede sospechar que una bestia bruta haya hecho semejante acción? La policía está desorientada, todavía no se ha logrado la más ligera pista. Hasta en el caso de sospechar del animal, sería imposible probar mi conocimiento del crimen o implicarme en él por razón de este conocimiento. Por encima de todo soy conocido. El anuncio me designa como el poseedor de la bestia. Ignoro hasta qué límite se puede extender su conocimiento. Si evito reclamar una propiedad de tanto valor que se sabe que es mía, expondré al animal al menos a hacerse sospechoso. No sería conveniente atraer la atención de la policía sobre mí o sobre la bestia. Contestaré al anuncio, conseguiré el orangután y lo mantendré encerrado hasta que se olvide el asunto».

En aquel momento oímos pasos en la escalera.

—Prepara las pistolas —dijo Dupin—; pero no las uses ni las enseñes hasta que yo te lo diga.

La puerta de la casa estaba abierta, y el visitante había entrado sin llamar y subido algunos peldaños de la escalera. Pero ahora parecía vacilar. Inmediatamente lo oímos bajar. Dupin se dirigió rápidamente hacia la puerta, cuando lo oímos subir de nuevo. Esta segunda vez no vaciló, sino que subió con decisión y llamó a la puerta de nuestro cuarto.

—Adelante —dijo Dupin, en un tono alegre y cordial.

Entró un hombre. Era marino, evidentemente; alto y grueso, de apariencia musculosa, con una expresión de arrogancia no del todo molesta. Su rostro, intensamente quemado por el sol, estaba más de la mitad oculto por las patillas y el bigote. Portaba una enorme tranca, pero no parecía llevar otra clase de armas. Saludó inclinándose tórpemente y dándonos las «buenas noches» con un acento francés que, aunque algo *Neufchatelish,* no podía negar su origen parisiense.

—Siéntese, amigo —dijo Dupin—; supongo que viene por su orangután. Palabra de que yo casi lo envidio a usted, por su hermosa bestia, que sin duda vale lo suyo... ¿Qué edad supone que puede tener?

El marino exhaló un largo suspiro, con el aire de un hombre aligerado de una intolerable carga, y después contestó con voz firme:

—No sé decirle; pero no debe de tener más allá de cuatro o cinco años. ¿Lo tiene usted aquí?

—¡Oh, no! No teníamos ningún sitio conveniente para alojarlo. Está en una cuadra de alquiler en la calle Dubourg, cerca de aquí. Podrá ir por él mañana por la mañana. Desde luego, supongo que estará usted preparado para justificar su propiedad, ¿no es así?

—Desde luego que estoy seguro, señor.

—Sentiré separarme de él —dijo Dupin.

—Yo no pretendo que se haya tomado tanta molestia por nada, señor —dijo el hombre—. No sería lógico. Tendré mucho gusto en pagar una gratificación por el animal; es decir, algo que sea razonable.

—Bien —contestó mi amigo—; todo esto es muy lógico. ¡Déjeme pensar! ¿Qué podría pedirle yo? ¡Oh! Se lo diré. Mi recompensa será ésta: me dará toda la información que tenga acerca de esos asesinatos de la calle de la Morgue.

Dupin dijo las últimas palabras en un tono muy bajo y tranquilo, y con la misma tranquilidad se fue hacia la puerta, la cerró y se guardó la llave en el bolsillo. Luego sacó la pistola del pecho, y sin la menor agitación la depositó sobre la mesa.

La cara del marinero enrojeció, como si luchara por vencer el sofoco que lo embargaba. Se puso de pie y empuñó el garrote, pero acto seguido se dejó caer en su asiento, temblando violentamente y con la expresión de la muerte en su rostro. No dijo ni una palabra. Lo compadecí profundamente.

—Amigo mío —dijo Dupin en un tono muy amable—, se está alarmando a sí mismo sin motivo, se lo aseguro. Nosotros no deseamos causarle ningún daño. Le doy a usted mi palabra de honor, como caballero y como francés, de que no intentaremos hacerle ningún mal. Yo sé perfectamente bien que es inocente de las atrocidades de la calle Morgue. Pero no me negará que se encuentra bastante complicado en ellas. Por lo que acabo de decir, usted debe haberse dado cuenta que he contado con medios con los cuáles usted no hubiera podido señar. Ahora la cosa está así: usted no ha hecho nada que haya podido evitar..., nada, ciertamente, que lo presente como culpable... Además, tampoco se le puede acusar de robo, aunque pudiera haberlo hecho impunemente. Usted nada tiene que ocultar, y no tiene ninguna razón para ocultarlo. Por otro lado, usted está obligado, por todos los principios del honor, a confesar todo lo que sepa. Un hombre inocente está ahora en la prisión, acusado de un crimen cuyo verdadero autor usted puede descubrir.

Cuando Dupin pronunció aquellas palabras, el marinero fue recobrando su presencia de ánimo, al tiempo que desaparecía la arrogancia de sus maneras.

—Que Dios me ayude —hijo después de una breve pausa—; les diré todo lo que sé sobre este asunto, aunque espero que no me creerán ni la mitad de lo que les diga: estaría loco si lo esperase. Con todo, yo soy inocente, y les diré la verdad aunque me cueste la vida.

Lo que declaró fue, en resumen, lo siguiente:

«Últimamente, había hecho un viaje al archipiélago indio. Un grupo del que formaba parte desembarcó en Borneo y realizó por el interior una excursión de placer. Junto con un compañero, había capturado el orangután; al morir el compañero, el animal quedó de su exclusiva propiedad. Después de muchas molestias ocasionadas por la ferocidad del animal durante el viaje de vuelta, consiguió, por fin, encerrarlo en su propio domicilio de París, donde por no atraer la desagradable curiosidad de los vecinos hacia él, lo guardó cuidadosamente hasta el momento que se curara una herida que tenía en una plata como consecuencia de una astillas que se clavó a bordo del barco.

De regreso a casa, después de una juerga con otros marineros, la noche, o más bien la madrugada del asesinato, encontró a la bestia ocupando su propio dormitorio, al que había llegado desde un cuarto vecino, donde, según creía, había sido perfectamente amarrado. Con la navaja en la mano y totalmente enjabonado, estaba sentado ante el espejo, intentando afeitarse, operación ésta que había visto realizar a su dueño a través de la cerradura. Aterrorizado al ver un arma tan poderosa en posesión de un animal tan feroz y tan capaz de usarla, el marinero, durante algunos momentos, se quedó sin saber qué hacer. Tenía la costumbre de dominar al animal, aun en sus arranques más feroces, por medio de un látigo, y a éste recurrió en aquella ocasión. Pero al ver el látigo, el orangután saltó de pronto fuera de la habitación, escaleras abajo, y desde aquí, a través de una ventana, desafortunadamente abierta, salto a la calle.

El francés lo siguió desesperado; el mono, con navaja todavía en la mano, de cuando en cuando se volvía para burlarse de su perseguidor, hasta que éste estaba a punto de alcanzarlo, y entonces escapaba otra vez. De este modo, la caza prosiguió durante mucho tiempo.

Las calles estaban en profundo silencio porque eran casi las tres de la mañana. Al bajar una callejuela situada detrás de la calle Morgue, la atención del fugitivo quedó atraída por una luz que brillaba en la habitación de la señora L'Espanaye, en la cuarta planta del edificio. Se precipitó hacia la casa, vio la barra pararrayos y trepó con inconcebible agilidad por ella; se agarró al postigo que estaba apoyado contra la pared, y por medio de éste saltó directamente sobre la cabecera de la cama. Todo esto apenas duró un minuto. Al entrar el orangután en la habitación había rechazado con las patas el postigo, que volvió a quedar abierto.

El marinero, entre tanto, estaba entonces contento y perplejo. Él tenía fundadas esperanzas de poder capturar ahora al animal, que difícilmente podría escapar de la trampa donde se había metido, de no ser que lo hiciera por la barra del pararrayos, en donde el hombre podría interceptarle el paso cuando bajara. Por otro lado, le inquietaba grandemente lo que pudiera hacer en la casa. Esta última reflexión le obligó a seguir al fugitivo. Una barra de pararrayos se puede ascender sin dificultad, sobre todo si se trata de un marinero, pero cuando llegó a la altura de la ventana su camino se vio interrumpido; lo más que podía hacer era acercarse lo suficiente para echar un vistazo al interior de la habitación. Lo que vio casi le hizo caer de donde estaba agarrado, estremecido por el horror del cuadro que se le ofreció a su vista. Fue entonces cuando estallaron aquellos gritos en el silencio de la noche, despertando de su sueño a los vecinos de la calle Morgue.

La señora L'Espanaye y su hija, con sus batas de noche, estaban arreglando unos papeles del cofre de hierro ya mencionado, que había sido llevado al centro de la habitación. Estaba abierto y su contenido desparramado por el suelo. Las víctimas debían de haber estado sentadas de espaldas a la ventana, y por el tiempo que transcurrió desde la entrada de la bestia y los chillidos, parece probable que no fuera advertida inmediatamente. El golpe del postigo debió de ser, inverosímilmente, atribuido al viento.

Cuando el marinero miró al interior, el gigantesco animal había agarrado a la señora L' Espanaye por el pelo (que tenía suelto la desgraciada por estárselo peinando) y movía la navaja ante su cara imitando los movimientos de un barbero. La hija quedó postrada y sin movimiento; estaba desvanecida. Los chillidos y forcejeos de la señora (durante los cuales estuvo arrancando el pelo de su cabeza) tuvieron el efecto de cambiar los probables propósitos pacíficos del orangután en pura ira. Con un poderoso movimiento de su potente brazo, casi le separó la cabeza del cuerpo. La vista de la sangre inflamó la furia de la salvaje fiera hasta el paroxismo. Apretando los dientes y echando llamas por los ojos, se abalanzó sobre el cuerpo de la muchacha y clavó sus terribles garras en su garganta y las retuvo hasta que expiró. Sus extraviadas y salvajes miradas en aquel instante se fijaron en la cabecera de la cama, sobre la cual se veía la cara de su amo, rígida por el horror. La furia de la bestia, que recordaba todavía el terrible látigo, se convirtió instantáneamente en miedo. Consciente de haber merecido el castigo, pareció deseoso de ocultar los hechos sangrientos y comenzó a dar saltos por la habitación en una angustia de nerviosa agitación, echando abajo y destrozando los muebles al moverse, y levantando los colchones de la cama. Finalmente, agarró primero el cadáver de la hija y lo introdujo en el cañón de la chimenea, como se encontró; luego cogió el cuerpo de la anciana y lo arrojó de cabeza por la ventana. Cuando el orangután se acercó a la ventana con su carga mutilada, el marinero descendió precipitadamente por la barra del pararrayos, y más que agarrándose, dejándose deslizar por ella, se fue inmediatamente a casa, con el temor de las consecuencias de aquella carnicería y contento de abandonar, en medio de su terror, toda preocupación por la suerte del orangután. Las palabras oídas por el grupo en la escalera eran sus exclamaciones de horror, mezcladas con los endemoniados parloteos de la bestia.»

Apenas tengo nada que añadir a lo que llevo dicho. El orangután debió de haber escapado de la habitación por la cadena del pararrayos, precisamente antes de que se derribara la puerta. Al salir, debió de cerrar la ventana. Poco después fue cogido por su amo, que obtuvo por él una fuerte suma de dinero en el *Jardin des Plantes.* Le Bon fue puesto inmediatamente en libertad después del relato que hicimos (con algunos comentarios de Dupin) en la oficina del prefecto de policía. El funcionario, sin embargo, a pesar de su inclinación a favorecer a mi amigo, no pudo ocultar su mal humor al ver el giro que había tomado el asunto, y se permitió una o dos sonrisitas sarcásticas sobre la conveniencia de que cada persona debe meterse en sus propios asuntos.

—Déjalo hablar —dijo Dupin, que no creía oportuno contestar—. Déjelo que hable; así descargará su conciencia.

Yo estoy satisfecho de haberlo derrotado en su propio castillo. No obstante, el que haya fallado en la solución de este misterio no es tan extraño como él supone, pues, a decir verdad, nuestro amigo el prefecto es demasiado astuto para ser profundo. Su ingenio carece de base. Es todo cabeza y nada cuerpo, como en las pinturas de la diosa Laverna, o mejor, la cabeza y los hombros como un pescado. Pero después de todo es un buen hombre. Yo lo aprecio especialmente por un truco maestro, al cual debe su fama de ingenioso. Me refiero a su costumbre de *ne nier ce qui est, et d'expliquer ce qui n'est pas* [5].

FIN DE
«LOS CRÍMENES DE LA CALLE MORGUE»

[5] Rousseau: *La nueva Eloísa:* «De negar lo que es y de explicar lo que no es». *(N. del T.)*

EL MANUSCRITO HALLADO EN UNA BOTELLA

Qui n'a plus qu'un moment à vivre
N'a plus rien à dissimuler[1].

QUINAULT, Atys

Poco tengo que decir sobre mi ciudad y sobre mi familia. Malos tratos y largos años me echaron de la una y me extrañaron de la otra. Mi hereditaria riqueza me permitió una educación nada común, y una inclinación contemplativa de mi espíritu me capacitó para ordenar el cúmulo de saber que mi temprano estudio había diligentemente acumulado. Por encima de todas las cosas, los trabajos de los moralistas alemanes me producían un gran deleite; no por mi mal aconsejada admiración de su elocuente locura, sino por la facilidad con que mis costumbres de rígidos pensamientos me facilitaban para descubrir sus falsedades. A menudo se me ha reprochado la aridez de mi talento, me ha sido imputada como un crimen; mi falta de imaginación y el

[1] «Quien no tiene más que un momento de vida, no tiene nada que disimular.» *(N. del T.)*

pirronismo de mis opiniones siempre me ha dejado en mal lugar. En realidad, mi fuerte afición por la filosofía de la naturaleza ha contaminado mi mente con un error muy frecuente en estos días —me refiero a la costumbre de referir sucedidos, aun los más insignificantes de tal relación, con los principios de aquella ciencia—. Sobre todo, ninguna persona podría estar menos sujeta que yo mismo a dejarse llevar lejos de los severos recintos de la verdad por los fuegos fatuos de la superstición. He creído conveniente establecer bien esto, no sea que la increíble narración que voy a contar pudiera ser considerada más bien como el desvarío de una grosera imaginación que como la positiva experiencia de una mente para la cual los ensueños de la fantasía han sido siempre letra muerta y verdaderas nulidades.

Después de muchos años dedicado a viajar por el extranjero, inicié, el año 18..., desde el puerto de Batavia, en la rica y populosa isla de Java, un viaje a las islas del archipiélago. Yo iba como pasajero, no teniendo otro estímulo que una especie de intranquilidad nerviosa que me perseguía como un diablo.

Nuestra embarcación era un hermoso barco de casi cuatrocientas toneladas, con una capa de cobre y construido en Bombay con teca de Malabar, fletada con algodón en rama y aceite de las islas Laquedivas. También llevábamos a bordo bonote, aceite de manteca, cocos y unas cuantas cajas de opio. La carga estaba mal colocada, y por tanto, la embarcación no quedaba segura. Zarpamos con un simple golpe de viento, y durante muchos días nos mantuvimos navegando a lo largo de la costa de Java, sin otro incidente para divertir la monotonía de nuestro rumbo que el encuentro ocasional con algunos de los pequeños *grabs* del archipiélago en el cual estábamos confinados.

Una tarde que estaba reclinado en el coronamiento de popa, observé una nube aislada muy singular hacia el noroeste. Era notable, lo mismo por su color como por ser la primera que habíamos visto desde nuestra salida de Batavia. La observé atentamente hasta la puesta de sol, cuando de pronto se extendió de este a oeste, ciñendo el horizonte con una estrecha faja de vapor y semejando una larga línea de costa baja. Mi atención fue poco después atraída por la apariencia pardo-rojiza de la luna y el peculiar aspecto del mar. Este último estaba sufriendo un rápido cambio, y el agua parecía más transparente que de costumbre.

Aunque yo podía ver el fondo con claridad, sin embargo, echando la sonda, encontré que navegábamos a quince brazas de profundidad. El aire, entonces, llegó a hacerse intolerablemente cálido y estaba cargado de exhalaciones espirales parecidas a aquellas que proceden del hierro al rojo. Cuando llegó la noche, desapareció todo soplo de viento, y es imposible concebir una calma más completa. En la popa ardía la llama de la bujía sin el menor movimiento perceptible, y un largo cabello sostenido entre el índice y el pulgar colgaba sin la posibilidad de descubrir en él la más ligera vibración. A pesar de todo, el capitán dijo que él no percibía señal alguna de peligro, y cuando íbamos derivando pegados a la costa, ordenó aferrar velas y levar el ancla. No se puso vigía, y la tripulación, que principalmente consistía en malayos, se echó deliberadamente sobre cubierta. Yo me fui abajo, y no sin el presentimiento de una desgracia. En realidad, todas las apariencias me confirmaban el temor de un simún. Hablé al capitán de mis temores, pero él no les prestó atención, y me dejó sin dignarse darme una contestación. Mi malestar, sin embargo, impidió que durmiera, y casi a medianoche subí a cubierta. Al poner el pie sobre el primer peldaño de la escala de toldilla, fui sorprendido por un fuerte zumbido, como el que produce la rápida revolución de una rueda de molino, y antes de que pudiera averiguar de qué se trataba sentí que el barco era sacudido con violencia. En el mismo instante, una gran cantidad de espuma nos lanzó de costado, y, precipitándose sobre nosotros de proa a popa, barrió todas las cubiertas.

La furia extrema de la ráfaga fue, en gran medida, la salvación del barco. A pesar de estar completamente anegado de agua y de haber perdido la arboladura por la borda, después de unos minutos se alzó pesadamente, y bamboleándose algún tiempo bajo la inmensa presión de la tempestad, logró al fin estabilizarse.

Es imposible decir cómo logré escapar de la destrucción. Aturdido por la sacudida del agua, me encontré, al volver en mí, apretujado entre el codaste y el timón. Con gran dificultad pude ponerme de pie, y mirando a mi alrededor con gran aturdimiento, lo primero que me impresionó fue la idea de que estuviésemos entre los rompientes; tan terrorífico, por encima de la más descabellada imaginación, era el remolino del espumoso océano dentro del cual nos hallábamos confinados. Un momento después oí la voz de un anciano sueco, que había embarcado en el momento de abandonar el puerto. Lo llamé con todas mis fuerzas, e inmediatamente se presentó tambaleándose por la popa. Pronto descubrimos que éramos los únicos supervivientes del accidente. Toda la tripulación, con nuestra sola excepción, había sido barrida por la borda; el capitán y sus compañeros debían de haber perecido mientras dormían, pues las cabinas estaban inundadas de agua. Sin ayuda, poco se podía esperar que hiciéramos por la seguridad del barco, y nuestros esfuerzos al principio quedaron paralizados por la creencia de que nos hundíamos. La cadena del ancla, naturalmente, se había partido como un bramante al primer soplo del huracán, que de no haber sido así, nos hubiéramos hundido instantáneamente. Nos deslizábamos viento en popa a terrible velocidad, mientras las olas rompían con terrible ímpetu sobre nosotros. La armadura de nuestra popa estaba excesivamente destrozada, y en casi todos los aspectos habíamos recibido considerables daños; pero para alegría nuestra hallamos que las bombas funcionaban y que en nuestro cargamento no se había producido ningún cambio de importancia.

La furia desatada de la tormenta había ya cesado, y no albergábamos temor con respecto a la violencia del viento, pero mirábamos preocupados por ver si se calmaba totalmente, ya que, en nuestra lamentable situación, pereceríamos inevitablemente en el terrible remolino que vendría más tarde. Pero aquel temor tan lógico no parecía probable que se produjera pronto. Durante cinco días y cinco noches —en los cuales nuestro único alimento fue una pequeña cantidad de azúcar, que nos procuramos con gran dificultad en el castillo de proa—, nuestro casco voló a una velocidad que desafiaba todo cálculo, impulsado por ráfagas de viento que se sucedían rápidamente, y que, aunque no igualaban la primera violencia del simún, eran más terroríficas todavía que cualquier tempestad con que hasta entonces me hubiese yo encontrado.

Durante los primeros cuatro días nuestro rumbo fue, con insignificantes variaciones, sudeste y sur; debíamos de haber bajado por las costas de Nueva Holanda. Al quinto día el frío se hizo extremado, a pesar de que el viento había girado un punto más hacia el norte. Salió el sol con un enfermizo brillo amarillo y ascendió algunos grados sobre el horizonte, sin emitir ninguna luz decisiva. Aunque no había nubes aparentes, el viento tendía a aumentar y soplaba con caprichosa e inconstante furia. Casi a mediodía, según pudimos calcular por aproximación, nuestra atención fue de nuevo atraída por el aspecto del sol. No daba luz, hablando en términos precisos, sino un apagado y triste resplandor sin reflejo, como si los rayos fueses polarizados. Precisamente entonces se hundía en el turgente mar, y su fuego central desaparecía apresuradamente, como si lo extinguiera algún poder inexplicable. Cuando se precipitó en el insondeable océano sólo era un cerco confuso y plateado.

En vano esperamos la llegada del sexto día —día que para mí no ha llegado aún, y para el sueco nunca llegará—. En lo sucesivo nos vimos envueltos en una profunda oscuridad, de modo que no hubiéramos podido ver un objeto a veinte pasos del barco. La noche eterna continuó envolviéndonos, sin el consuelo de la brillantez fosforescente del mar, que nos habíamos acostumbrado a ver en los trópicos. También observamos que aunque la tempestad continuara enfureciéndose con violencia indomable, ya no se veía la acostumbrada apariencia del remolino o de la espuma que hasta entonces nos había acompañado. Todo a nuestro alrededor era horror y densa oscuridad, como un sofocante desierto de ébano. Un supersticioso terror se adentraba poco a poco en el espíritu del viejo sueco, y yo mismo me encontraba envuelto en un asombroso silencio. Desentendiéndonos del buque, que estaba de mal en peor, y asegurándonos lo mejor posible en el muñón del palo de mesana, observábamos con amargura el inmenso océano. No teníamos medios para calcular el tiempo, ni podíamos formarnos idea alguna sobre nuestra situación. Sin embargo, nos dábamos perfecta cuenta de que habíamos avanzado hacia el sur más que ningún otro navegante anterior, y sentíamos gran asombro de no habernos encontrado con los frecuentes impedimentos del hielo. Mientras tanto, cada momento nos amenazaba con ser el último de nuestras vidas, y cada ola montañosa nos parecía la que iba a sumergirnos definitivamente. El oleaje sobrepasaba todo lo que yo hubiera podido imaginar, y era un milagro el hecho de que no fuéramos inmediatamente sumergidos. Mi compañero hablaba de la ligereza de nuestro cargamento, mientras me recordaba las excelentes cualidades de nuestro barco, pero yo no podía dejar de sentir la completa desesperanza de la esperanza misma, y me preparaba sombríamente para aquella muerte que, según creía yo, nada podría retardar más allá de una hora, ya que cada nudo que el barco avanzaba, la marejada de aquellos negros y enormes mares se hacía cada vez más lúgubre y aterradora. A veces conteníamos la respiración al vernos situados a una altura superior a la del vuelo de los albatros; en ocasiones llegábamos a sentir vértigo con la velocidad de nuestro descenso a algún infierno líquido, donde el aire quedase paralizado y donde ningún sonido turbara los sueños de Kra Ken.

Estábamos en el fondo de uno de esos abismos, cuando un grito penetrante de mi compañero desgarró temerosamente la noche:

—¡Vea!, !vea! —gritó, chillando en mis oídos—. ¡Dios bendito! ¡Vea, vea!

Mientras hablaba, me di cuenta de un apagado y triste resplandor de luz roja que coronaba los límites del vasto abismo en cuyo fondo estábamos y emitía caprichosos rayos sobre nuestra cubierta. Dirigiendo mis ojos hacia arriba, contemplé un espectáculo que me heló la sangre. Sobre el borde mismo de la precipitada pendiente, a una altura terrorífica y justo encima de nosotros, se cernía un gigantesco barco de quizá cuatrocientas toneladas. Aunque se alzaba sobre la cima de una ola de más de cien veces su propia altura, su aparente tamaño excedía al de cualquier otro barco de línea o de la compañía de las islas. Su enorme casco era de un profundo color negro apagado, no sin el alivio de algunas entalladuras acostumbradas. Una única hilera de cañones de bronce sobresalía de las troneras abiertas, y en sus bruñidas superficies se estrellaban los fulgores de innumerables linternas de combate que se balanceaban de un lado a otro pendientes de su aparejo. Pero lo que principalmente nos inspiró horror y asombro fue el hecho de que navegara a toda vela en medio de aquel mar sobrenatural y del huracán ingobernable. Cuando lo descubrimos por vez primera sólo se veían sus serviolas, mientras se alzaba lentamente del oscuro y horrible abismo que dejaba tras de sí. Durante un momento de intenso terror, se detuvo sobre el vertiginoso pináculo como si contemplara su propia sublimidad; luego tembló, se bamboleó y se vino abajo.

En aquel instante, yo no sé qué repentina serenidad se posesionó de mí. Me dirigí tambaleándome como pude hacia la popa, y esperé sin temor la catástrofe que iba a aniquilarnos. Nuestra propia embarcación había cesado al fin en su lucha y se hundía en el mar de cabeza. El choque de la mole, descendiendo, descargó como consecuencia aquella parte de las cuadernas que estaban bajo el agua, y el resultado inevitable fue el de arrojarme con violencia irresistible sobre la arboladura del buque extranjero.

Cuando caí allí, el barco viró, y a la confusión que la maniobra produjo, atribuí el haber escapado a la atención de los tripulantes. Con poca dificultad caminé sin ser visto por la escotilla mayor, que estaba parcialmente abierta, y pronto hallé oportunidad de esconderme en la bodega. Apenas puedo explicarme por qué hice aquello. Tal vez fue un indefinible sentimiento de terror que se había apoderado de mí cuando descubrí la tripulación del barco. No tenía deseos de confiarme a una raza de gente que me había ofrecido a primera vista tantos puntos de indefinible novedad, de duda y de aprensión. Por lo tanto, creí conveniente conseguirme un lugar seguro en la bodega, y lo hice trasladando una porción de maderos, en número suficientemente grande como para proporcionarme un conveniente refugio entre las enormes cuadernas del buque.

Apenas había completado mi trabajo cuando un ruido de pasos en la bodega me obligó a hacer uso de dicho escondite. Un hombre, con paso débil y vacilante, pasó muy cerca de donde me hallaba escondido. No pude ver su cara, pero tuve oportunidad de observar su apariencia general. Daba muestras de ser muy viejo y parecía enfermo. Sus rodillas le temblaban bajo el peso de los años, y su cuerpo parecía abrumado por aquella carga. Murmuraba entre dientes consigo mismo, con voz queda y quebrada, algunas palabras en una lengua que no pude comprender, y buscó algo a tientas en un rincón, entre un montón de instrumentos de aspecto extraño y de podridas cartas de navegación. Sus maneras tenían una rara mezcla de la displicencia de la segunda infancia y la solemnidad de un dios. Finalmente, subió a cubierta, y no volví a verlo.

Un sentimiento, para el cual no he encontrado palabras, se había apoderado de mi mente —una sensación que no admite ningún análisis, para la cual son inadecuadas las lecciones del pasado y para la que, según me temo, el mismo futuro no ofrece clave alguna—. Para una mente formada como la mía, esta última consideración es una desgracia. Nunca podré, sé que nunca podré quedar satisfecho en cuanto a la naturaleza de mis sentimientos. Pero no es sorprendente que aquellas concepciones sean indefinidas, puesto que tienen su origen en fuentes tan completamente nuevas. A mi espíritu se ha incorporado, podría decirse, un nuevo sentido, una nueva entidad mental.

Ha pasado mucho tiempo desde que pisé por vez primera la cubierta de este terrible barco, y los rayos de mi destino están, creo yo, reuniéndose en un foco. ¡Qué hombres incomprensibles! Sumido en meditaciones de una clase que yo no puedo adivinar, pasan junto a mí sin advertir mi presencia. El esconderme es una absoluta locura por mi parte, pues esta gente no quiere ver. Precisamente ahora acabo de pasar ante los ojos del piloto, y no mucho antes me había aventurado a entrar en el propio camarote del capitán, donde encontré los materiales con que escribo y he escrito lo anterior. De vez en cuando continuaré este diario. Es verdad que no puedo encontrar modo de transmitirlo al mundo, pero no dejaré de intentarlo. En el último momento encerraré el manuscrito en una botella, y arrojaré ésta al mar.

Ha ocurrido un incidente que me ha dado ocasión para meditar. ¿Son tales cosas consecuencias de una mera casualidad? Me había aventurado a subir a cubierta, donde me tendí momentos después, sin llamar la atención de nadie, entre un montón de cuerdas de desecho y velas viejas, en el fondo de un bote.

Mientras meditaba sobre la singularidad de mi suerte, embadurnaba inconscientemente con una brocha de alquitrán los bordes de una vela cuidadosamente plegada cerca de mí. Más adelante se desplegó esa vela, y aquellos toques puramente irreflexivos formaron, al esparcirse, la palabra *descubrimiento.*

Últimamente he realizado algunas observaciones sobre la estructura de la nave. Aunque bien armado, no es, creo yo, un barco de guerra. Su arboladura, construcción y equipo general rechazan cualquier suposición de esta clase. Puedo darme cuenta claramente de lo que *no es,* pero me temo que me sea imposible decir lo que *es.* No sé por qué sería, pero al escudriñar su extraña estructura y la singular forma de sus palos, su enorme tamaño y sus desmesuradas velas, su proa sencilla y severa y su anticuada popa, hay momentos que cruza por mi mente, como en un relámpago, la impresión de las cosas familiares, siempre mezcladas con aquellas sombras vagas del recuerdo, una inexplicable memoria de viejas crónicas extranjeras y de hace siglos desaparecidos para siempre.

He estado observando las cuadernas del barco. Está construido de un material desconocido para mí. La madera tiene un carácter peculiar que llama la atención, por parecerme inadecuado para el fin que se la usa. Me refiero a su extremada porosidad, considerada independientemente de su desgaste, que es consecuencia de la navegación por aquellas aguas y de la podredumbre derivada de la vetustez. Tal vez parecerá una observación algo intrascendente, pero esta madera podía reunir todas las características del roble español, si el roble español fuera dilatado por algún procedimiento artificial.

Al leer la frase anterior, me viene a la memoria un curioso apotegma de un viejo navegante holandés curtido por el mar: «Esto es tan cierto —solía decir cuando alguien dudaba de la veracidad de sus afirmaciones—, esto es tan cierto como que existe un mar donde los barcos crecen de tamaño como el cuerpo viviente de un marino...».

Hace casi una hora me he atrevido a perderme en un grupo de la tripulación. No me han prestado la menor atención, y aunque me hallaba de pie en medio de todos, pa-recían completamente despreocupados de mi presencia. Como el primero que vi en la bodega, todos presentan señales de una edad avanzada. Sus rodillas tiemblan de debilidad; sus hombros están vencidos por la decrepitud; sus epidermis flácidas parecen moverse con el viento; sus voces son bajas, trémulas y quebradas, y sus grises cabellos flotan de modo terrible bajo la tempestad. Alrededor de ellos, a cada lado de la cubierta, yacían esparcidos instrumentos matemáticos de la más rara y desusada construcción...

Hace algún tiempo mencioné la vela plegada. Desde aquel momento, el barco, impulsado a merced del viento, ha continuado su terrorífico rumbo hacia el sur, con todos los trapos de su velamen plegados desde sus remates y botavaras hasta sus alas de botalón, balanceando a cada momento los penoles de sus juanetes en el más espantoso infierno de agua que jamás pueda imaginar la mente humana. Acabo de dejar la cubierta, donde encuentro imposible mantenerme de pie, aunque la tripulación no parece encontrar mucha dificultad en conseguirlo. Me parece el más milagroso de los milagros que nuestra mole no sea tragada por el mar de súbito y para siempre. Estamos condenados a vacilar continuamente entre la vida y la muerte, sin que parezca llegar nunca el momento final de hundirnos en el abismo. Empapados por olas mil veces mayores que cualesquiera otras que haya yo podido ver en mi vida, nos deslizábamos como flechas con la velocidad de las gaviotas, y las aguas colosales alzaban sus crestas sobre nosotros como demonios del abismo, pero también como demonios limitados a la mera amenaza e incapacitados para destruir. Yo me inclino a creer estas frecuentes escapadas a la única cosa natural que puede ser tomada en consideración a estos efectos. Debo suponer que el barco está bajo la influencia de una poderosa corriente o de una impetuosa resaca.

He visto cara a cara al capitán en su propio camarote, pero, como yo esperaba, no me ha prestado atención alguna. Aunque en su aspecto no hay para un observador casual nada que pueda considerar como inferior o superior a cualquier otro hombre, sin embargo, un sentimiento de reverencia y temor se mezclaron con la sensación de asombro con que yo lo miraba. En cuanto a su estatura, es casi de la mía; es decir, unos cinco pies y ocho pulgadas. Es de constitución mediana y sólida, pero sin robustez ni otra diferencia. Pero es la singularidad de la expresión que reina en su rostro —la intensa, asombrosa y conmovedora evidencia de una senectud tan completa y tan extremada— la que excita en mi espíritu un sentido, un sentimiento inefable. Su frente, aunque poco arrugada, parece llevar el sello de una miríada de años. Su cabello blanco es testigo del pasado, y sus ojos grises son sibilas del futuro. El suelo del camarote estaba abundantemente salpicado de raros infolios con cierres de hierro y envejecidos instrumentos de ciencia y desusados mapas, olvidados durante mucho tiempo. Tenía la cabeza apoyada sobre sus manos y miraba con ojos inquietos y ardientes un papel que yo tomé por un despacho, y que, de todos modos, llevaba la firma de un monarca. Murmuraba consigo mismo —como el primer marinero que yo había visto en la bodega— algunas palabras proferidas en una lengua extranjera; y aunque el que hablara estuviese a una distancia de un palmo, su voz parecía llegar a mis oídos desde la distancia de una milla.

El barco y todo lo que hay en él está imbuido por el espíritu del pasado. La tripulación se desliza de una parte a otra como los fantasmas de siglos desavenidos; sus ojos tienen un anhelante e inquieto significado, y cuando sus rostros atraviesan mi senda, en el extraño resplandor de las linternas de batalla yo siento, como nunca lo había hecho antes, aunque me haya pasado la vida entre antigüedades y haya embebido las sombras de las arruinadas columnas de

Baalbe, Tadmor y Persépolis, hasta el punto que mi alma ha llegado a ser una ruina.

Cuando miro a mi alrededor, me siento avergonzado de mis primitivos temores. Si yo temblaba ante la tempestad que hasta entonces nos había perseguido, ¿no habría de quedarme horrorizado ante este combate del viento y del océano, para dar una idea de la cual las palabras tornado y simún son triviales o inexpresivas? Todo en la inmediata vecindad del navío es negrura de noche eterna y un caos de espuma; pero casi una legua a uno y otro lado de nosotros se pueden ver, indistintamente y a intervalos, magníficas murallas de hielo que se elevan a lo lejos en el desolado firmamento y que parecen como las murallas del universo.

Como yo lo imaginaba, el buque ha sido arrastrado por una corriente —si es que este nombre puede aplicarse con propiedad a un flujo que ululando y chillando entre el hielo nos arrastraba hacia el sur con una velocidad parecida a la briosa caída de la catarata.

Concebir el horror de mis sensaciones es, pienso yo, completamente imposible; con todo, una curiosidad por penetrar los misterios de estas terribles regiones predomina sobre mi desesperación y me reconcilia con los más espantosos aspectos de la muerte. Es evidente que nos apresuramos hacia algún descubrimiento interesantísimo, algún secreto que jamás será compartido y cuya posesión puede conseguirse a costa de la vida. Tal vez, esta corriente nos conduzca hasta el mismo polo sur. Debo confesar que una suposición aparentemente tan extraña tiene todas las probabilidades a su favor.

La tripulación anda por la cubierta con paso trémulo y vacilante, pero en sus semblantes y expresiones hay más de vehemente esperanza que de apática desesperación.

Entre tanto, el viento todavía sigue soplando por nuestra popa, y como llevamos el velamen desplegado, el barco a veces salta pesadamente fuera del mar. De pronto, ¡oh horror de los horrores! ¡Las masas de hielo se abren repentinamente a derecha e izquierda y estamos girando vertiginosamente en inmensos círculos concéntricos, dando vueltas y vueltas por los bordes de un gigantesco anfiteatro, la cima de cuyas paredes se pierde en la negrura y en la distancia! Pero me queda ya poco tiempo para reflexionar sobre mi destino. Rápidamente, los círculos han ido haciéndose más pequeños —estamos hundiéndonos locamente en las garras del remolino—, y entre el rugido, el bramido y los aullidos del océano y de la tempestad, el barco tiembla... ¡Dios mío!... ¡Estamos hundiéndonos!

NOTA.—El manuscrito, hallado en una botella, fue publicado originalmente en 1681, y hasta muchos años después yo no conocí los mapas de Mercator, en los que el océano está representado como si se precipitase por cuatro bocas dentro del abismo polar, para ser absorbido después en las entrañas de la tierra. El polo está representado por una roca negra que se eleva a una altura prodigiosa.

FIN DE
«EL MANUSCRITO HALLADO EN UNA BOTELLA»

EL POZO Y EL PÉNDULO

Impia tortorum longos hic turba furores
sanguinis innocui, non satiata, aluit.
Sospite nunc patria fracto nunc funeris
[antro,
Mors ubi dira fuit vita salusque patent.

(Cuarteto compuesto para las puertas de un mercado que había de construirse en el sitio que ocupó el Club de los Jacobinos en París.)

ESTABA agotado, agotado de muerte por aquella larga agonía; y cuando al fin me desataron y me permitieron sentarme, sentí que perdía el conocimiento. La sentencia, la espantosa sentencia de la muerte, fue la última frase claramente acentuada que llegó a mis oídos. Después, el sonido de voces inquisitoriales pareció sumirse en el zumbido indeterminado de un sueño. Aquel sonido provocó en mi mente la *idea* de revolución, tal vez porque lo asociaba en mi imaginación con la rueda de un molino. Esto duró muy poco, porque de pronto no oí nada más. Sin embargo, durante un instante, vi con terrible exageración los labios de los jueces vestidos de negro. Aquellos labios aparecían ante mí blancos, tan blancos como la hoja de papel sobre la que estoy escribiendo, y delgados hasta lo grotesco, adelgazados por la intensidad de su expresión de firmeza, de resolución inconmovible, de severo desprecio al dolor humano. Veía que los decretos de lo que para mi era el destino salían de aquellos labios. Los veía retorcerse con una frase mortal. Los veía modulando las sílabas de mi nombre, y me estremecí porque no oía ningún sonido. Vi también, durante algunos momentos de espanto delirante, el suave y casi imperceptible balanceo de las oscuras tapicerías que cubrían las paredes del aposento. Y luego mi visión recayó sobre siete enormes cirios que había sobre la mesa. Al principio parecían tener un aspecto de caridad, como si fueran siete ángeles esbeltos que podían salvarme; pero luego, y de pronto, una náusea mortal invadió mi espíritu, y sentí que cada fibra de mi ser se conmovía como si hubiera tocado el hilo de una batería galvánica, mientras las formas angélicas se convertían en espectros sin forma con cabezas de llama, y comprendí que no podía esperar ayuda de ellos. Entonces, con una rica nota musical, se deslizó en mi mente el pensamiento de lo dulce que debía ser el descanso de la tumba. Este pensamiento llegó de un modo suave y furtivo, y creo que necesité un largo rato antes que consiguiera captar su total apreciación. Pero en el preciso momento que mi espíritu empezaba a sentir claramente esta idea y a gozar de ella, las figuras de los jueces se desvanecieron como por arte de magia; los enormes cirios se redujeron a la nada; sus llamas se apagaron por completo; la negrura de las tinieblas sobrevino; todas las sensaciones parecieron desaparecer como absorbidas en un loco descenso semejante al de los espíritus en el reino de Hades, y el universo se redujo a silencio, noche y quietud.

Me había desvanecido; pero no puedo decir que hubiera perdido la conciencia de todo. La que me quedaba no intentaré definirla o tan siquiera describirla, pero —repito— no todo estaba perdido. En medio de la más profunda somnolencia..., ¡no! En medio del delirio..., ¡no! En medio del desvanecimiento..., ¡no! En medio de la muerte..., ¡no! Aun en la tumba, no está todo perdido. De otro modo no existiría la inmortalidad en el hombre. Cuando nos despertamos, rompemos la fina tela de araña de algún sueño, y un segundo después (pues tan delicado es ese tejido) nosotros no recordamos que hemos estado soñando. En el retorno a la vida del desvanecimiento hay dos fases: primera, la del recobro del sentimiento de la existencia mental o espiritual; segunda, la de la recuperación de la sensación de la existencia física. Parece probable que si después de llegar a la segunda fase pudiéramos evocar las impresiones de la primera, las encontraríamos llenas de la memoria del abismo que quedaba atrás. ¿Y qué es ese abismo? ¿Cómo, al menos, podremos distinguir sus sombras de las de la tumba? ¿Pero si las impresiones de lo que hemos llamado primera fase no pueden ser recordadas, no se presentan ellos mismo sin ser llamados, mientras nos maravillamos preguntando de dónde proceden? Quien nunca se ha desmayado, no será quien descubra extraños palacios y caras extrañamente familiares apareciéndose en las brasas o en las llamas de la chimenea; no contemplará flotando, en medio del aire, visiones melancólicas que la mayoría no puede ver; no meditará sobre el perfume de alguna flor desconocida, ni perderá la cabeza con el misterio de alguna melodía que nunca hubiese llamado su atención hasta entonces.

En mis frecuentes y vanos esfuerzos para recordar, en medio de mi intensa lucha por recoger algún vestigio de ese estado de vacío aparente en que mi espíritu había caído, hubo instantes en los que he soñado que triunfaba. Tuve breves, muy breves momentos en los que yo conjuré recuerdos que la razón lúcida de una época posterior me aseguró no poder referirse sino a ese estado de inconsciencia, en apariencia al menos, en que me había sumido. Estas sombras del recuerdo me hablan indistintamente de altas figuras que me levantaban y me llevaban en silencio hacia abajo, hacia abajo, hasta que me invadía un espantoso vértigo, ante la simple idea de lo interminable del descenso. Ellos me cuentan también no sé qué vago horror de mi corazón, precisamente a causa de la tranquilidad sobrenatural de ese corazón. Luego, el sentimiento de repentina quietud en todas las cosas, como si quienes me llevaban (un cortejo de espectros) hubieran sobrepasado en su descenso los límites de lo ilimitado, y se detuvieran cansados por el hastío de su trabajo. Después evoco una sensación como de cosa llana y húmeda; y luego todo es ya locura, la locura de una memoria que se ocupa entre las cosas prohibidas.

De pronto vuelve a mi alma la sensación de movimiento y de sonido; el movimientos tumultuoso de mi corazón, y en mis oídos el sonido de su latir. Luego, una pausa en la cual desaparece todo. Después, de nuevo, sonido y movimiento, y tacto como una sensación vibrante penetrando en mi ser. Más tarde, la simple consciencia de mi existencia sin pensamiento, sensación que duró mucho tiempo. De pronto, bruscamente, el pensamiento y un estremecedor temblor y el vehemente deseo por comprender mi estado actual. A renglón seguido, un fuerte deseo de sumirme en la insensibilidad. Posteriormente, un rápido reconocimiento del espíritu y un afortunado esfuerzo para moverme. Entonces, el recuerdo completo del proceso, de los jueces, de los oscuros cortinajes, de la sentencia, del agotamiento, y del desmayo, y del olvido más completo de todo lo que ocurrió más tarde. Todo aquello que más tarde, y con muchos de los más enérgicos esfuerzos, no he sido capaz de recordarlo sino vagamente.

Hasta entonces yo no había abierto los ojos. Pero sentía que estaba tendido de espaldas y sin ataduras. Alargué una mano y ésta cayó pesadamente sobre algo húmedo y duro. Durante algunos minutos la dejé descansar, mientras luchaba por imaginar dónde me hallaba y cuál era mi estado. Ansiaba poder usar mis ojos, pero no me atrevía. No es que temiera ver cosas horribles, sino que me aterraba la idea de no poder ver nada. Al final, con una extrema angustia en el corazón, abrí rápidamente los ojos. Mis peores pensamientos quedaron entonces confirmados. La negrura de la noche eterna me rodeaba. Luchaba por respirar. La intensidad de la oscuridad parecía oprimirme y asfixiarme. La atmósfera estaba intolerablemente cargada. Permanecía con una inmovilidad absoluta y me esforcé por razonar. Pensé en los procedimientos inquisitoriales e intenté deducir, partiendo de este punto, cuál sería mi verdadera situación. La sentencia había sido pronunciada, y me parecía que desde entonces había pasado un largo intervalo de tiempo. Con todo, ni por un momento imaginé que estuviera muerto. Tal suposición, a pesar de todas las ficciones literarias, es completamente incompatible con la existencia real. Pero ¿dónde me encontraba y cuál era mi estado? Sabía que los condenados a muerte morían con frecuencia en los autos de fe, y uno de ellos se había celebrado la misma tarde del día de mi juicio. ¿Me habían llevado a mi calabozo para que esperara el próximo sacrificio que ocurriría meses más tarde?

Desde el primer momento comprendí que esto no podía ser. Las víctimas habían sido llamadas con anterioridad. Además, mi mazmorra, como todas las de los demás condenados en Toledo, tenía el piso de piedra y no estaba carente de luz.

Una terrible idea hizo fluir de pronto la sangre en torrentes a mi corazón, y durante un breve periodo de tiempo volví a caer de nuevo en la insensibilidad. Al recobrarme, me levanté de un solo salto, temblando convulsivamente de pies a cabeza. Extendí los brazos de forma extraña hacia arriba y a mi alrededor en todas direcciones. No sentí nada; con todo, temía dar un paso y que me pudiera dar con las paredes de la tumba. Sudando por todos los poros, y helándoseme en la frente gruesas gotas, la agonía de la incertidumbre llegó a hacérseme insoportable, y con precaución me moví hacia delante con los brazos extendidos y los ojos saliéndoseme de las órbitas, con la esperanza de captar algún rayo de luz. Avancé unos cuantos pasos, pero todo era aún negrura y vacío. Respiré con más libertad. Parecía evidente que no era el mío, al menos, el más horrible de los destinos.

Y entonces, como continuaba caminando con precaución hacia delante, se confundieron tumultuosamente en mi memoria un millar de vagos rumores escuchados sobre los horrores de Toledo. De esas mazmorras se habían contado cosas muy extrañas. Yo siempre las había considerado fábulas, pero no obstante, extrañas y demasiado fantasmales como para repetirse, salvo en un susurro. ¿Me iban a dejar morir de hambre en este mundo subterráneo de oscuridad, o qué destino quizá más terrible me esperaba? Puesto que conocía bien el carácter de mis jueces, no podía dudar de que el resultado pudiera ser la muerte, y una muerte de la más desacostumbrada amargura. La forma y la hora de su ejecución era lo único que me preocupaba y distraía.

Mis brazos extendidos encontraron finalmente una sólida contención. Era una pared que parecía construida de piedra muy lisa, húmeda y fría. La seguí, pisando con todo el cuidado receloso que me inspiraban ciertas narraciones antiguas. Sin embargo, este avance no me proporcionaba medio alguno de acertar las dimensiones de mi mazmorra, puesto que podía recorrer un círculo completo y volver al punto de procedencia sin que me diera cuenta de ello; tan perfectamente uniforme parecía la pared. Por tanto, busqué el cuchillo que había dejado en mi bolsillo cuando era conducido a la cámara del tribunal; pero no estaba. Mis vestidos habían sido cambiados por un traje de sarga ordinaria. Yo había pensado clavar la hoja en alguna pequeña grieta de la pared, con objeto de identificar mi punto de partida. Sin embargo, la dificultad resultaba trivial, aunque en lo desordenado de mi imaginación, al principio, pareciera insuperable. Desgarré una parte del borde del vestido, colocando el fragmento extendido en ángulo recto con la pared. En mi camino a tientas alrededor de la prisión yo no podría dejar de encontrar el trapo, una vez que hubiera dado la vuelta completa. Eso fue al menos lo que pensé, pero no había contado con la extensión de la mazmorra ni con mi propia debilidad. El terreno estaba húmedo y resbaladizo. Tambaleándome, avancé un rato; después tropecé y caí. Mi excesiva fatiga me indujo a permanecer postrado, y pronto el sueño se apoderó de mí.

Al despertarme y extender un brazo, encontré junto a mí un pan y un cántaro con agua. Estaba demasiado exhausto para reflexionar sobre aquella circunstancia, pero comí y bebí con avidez. Poco después volví a proseguir mi marcha alrededor de la prisión, y tras muchos esfuerzos conseguí llegar al fragmento de tela. Hasta el momento de caer llevaba contados cincuenta y dos pasos, y unidos a los que anduve desde que reanudé la marcha hasta que encontré la tela —cuarenta y ocho—, sumaban cien en total. Si admitimos dos pasos por yarda, imagino que la mazmorra debía tener cincuenta yardas de circuito. Como me había encontrado que numerosos ángulos en la pared no podían darme idea sobre la forma de la cripta, pues no dudaba que de eso debía tratarse, yo no tenía demasiada ilusión, ni tampoco esperanza en aquellas investigaciones, pero una vaga curiosidad me impulsó a continuarlas. Dejando la pared, resolví cruzar el área del recinto. Al principio procedí con extrema precaución, pues el piso, aunque parecía de sólido material, era traidor por el limo... Al fin, sin embargo, me hice de valor, y sin vacilar caminé firmemente, intentando atravesarlo en una línea lo más recta posible. Llevaba avanzados diez pasos de este modo, cuando se me enganchó entre las piernas el trozo rasgado de la túnica y caí de bruces violentamente.

En la confusión de mi caída no me di cuenta inmediatamente de una circunstancia sorprendente, y que sin embargo pocos segundos después, y mientras estaba caído, atrajo mi atención. Era lo siguiente: mi barbilla descansaba sobre el suelo de la prisión, pero mis labios y la parte superior de la cabeza, aunque estaba a la misma altura que la barbilla, no tocaban nada. Al mismo tiempo, mi frente parecía bañada en un vapor viscoso, y el olor peculiar de los hongos podridos llegaba con fuerza hasta mí. Alargué el brazo y me estremecí al hallar que había caído en el mismo borde de un pozo circular, cuya extensión desde luego no estaba en condiciones de adivinar en aquel momento. Tanteando la piedra, precisamente debajo del borde, conseguí desprender un pequeño fragmento que dejé caer en el abismo. Durante muchos segundos escuché sus rebotes al ir golpeando en su caída las paredes. De pronto se oyó una sorda zambullida en el agua, seguida de altos ecos. Al mismo tiempo llegó un sonido que se parecía al rápido abrir y cerrar de una puerta sobre mi cabeza, mientras un débil resplandor de luz atravesaba repentinamente la oscuridad y se desvanecía enseguida.

Claramente comprendí la suerte que se me había preparado, y me felicité por el oportuno accidente que me había salvado. Otro paso, después de mi caída, y el mundo hubiera dejado de existir. La muerte que acababa de evitar era del mismo carácter de esas que yo había considerado como fabulosas y frívolas en los cuentos referentes a la Inquisición. Para las víctimas de su tiranía existía la elección de la muerte con crueles agonías físicas o con sus más espantosas torturas morales. Yo había sido reservado para esta última. Por los largos sufrimientos, mis nervios estaban deshechos, y bastaba el sonido de mi propia voz para hacerme temblar. Habiéndome convertido, a todos los efectos, en una víctima apropiada para las clases de tortura que me esperaban.

Temblando, retrocedí, agarrándome a la pared, decidido a dejarme morir antes que afrontar el riesgo de los pozos que mi imaginación, en la oscuridad, multiplicaba a lo largo de la celda. En otro estado de ánimo, podía haber tenido el valor de acabar mi miseria hundiéndome en uno de aquellos abismos; pero ahora yo era el más auténtico de los cobardes. Tampoco podía olvidar lo que había leído sobre aquellos pozos, de los que se rumoreaba que la muerte repentina no formaba parte de sus horribles planes.

La agitación de mi espíritu me mantuvo despierto durante muchas horas, pero al fin me quedé adormecido. Al levantarme, encontré junto a mí, como la vez anterior, un pan y un cántaro de agua. Me consumía una sed abrasadora y vacié el cántaro de un trago. El agua debía de contener alguna droga, pues apenas bebía un trago, sentía unos irresistibles deseos de dormir. Un sueño profundo cayó sobre mí, un sueño como el de la muerte. Yo no sé, desde luego, qué tiempo duro, pero cuando volví a abrir los ojos, los objetos de mi alrededor eran visibles. Pude ver la extensión y el aspecto de la prisión por un resplandor extraño y sulfúreo cuyo origen al principio no pude determinar.

Estaba muy equivocado respecto a sus dimensiones. Toda la longitud de las paredes no excedía de veinticinco yardas de longitud. Durante algunos minutos, el hecho me ocasionó gran turbación; turbación vana en verdad, pues ¿qué podía tener menos importancia, bajo las terribles circunstancias que me rodeaban, que las dimensiones de mi propia mazmorra? Pero mi mente sentía un extraño interés por las bagatelas, y así me esforcé en intentar encontrar la causa que me llevó a cometer tal error en mis cálculos. La verdad se presentó al final con toda claridad. En mi primer intento de exploración había contado cincuenta y dos pasos hasta el momento de caer; entonces debí de estar a un paso o dos del trozo de tela. De hecho, casi realicé el recorrido de la cripta. Entonces me dormí, y al despertar debí devolver sobre mis pasos, creando así un circuito doble del que era en realidad. Mi confusión mental me impidió observar que yo había empezado mi recorrido con la pared a la izquierda y lo había acabado con la pared a la derecha.

También me había equivocado con respecto a la forma del recinto.

Sintiendo que en mi camino había encontrado muchos ángulos, la supuse de una gran irregularidad; tan potente es el efecto de la oscuridad absoluta para quien se levante de un letargo o de un sueño.

Los ángulos simplemente consistían en unas cuantas ligeras depresiones o nichos a intervalos desiguales. La forma general de la prisión era cuadrada. Lo que yo había tomado por piedra, ahora resultaba ser hierro o algún otro metal, en enormes placas, cuyas suturas o junturas ocasionaban la depresión. Toda la superficie de este recinto de metal estaba toscamente pintada con espantosas y repulsivas imágenes, creadas por la superstición sepulcral de los frailes. Figuras de demonios con amenazadores gestos, con formas de esqueletos, y otras imágenes realmente terribles, se extendían y desfiguraban las paredes. Observé que los contornos de aquellas monstruosidades eran suficientemente claros, pero que los colores parecían borrosos y desvanecidos como por efecto de la humedad de la atmósfera. Entonces también me di cuenta de que el piso era de piedra. En el centro quedaba el pozo circular de cuyo abismo yo me había escapado; pero era el único de la mazmorra.

Todo esto lo vi confusamente y con gran esfuerzo, pues mi situación personal había sufrido un gran cambio durante el sueño. Entonces me eché de espaldas, a todo lo largo, sobre una especie de armadura de madera muy baja. A ésta me encontraba yo firmemente atado con una larga cuerda que parecía un cíngulo, y que daba muchas vueltas alrededor de mis miembros y mi cuerpo, dejando sólo en libertad mi cabeza y brazo izquierdo, que sólo podía extender con grandes esfuerzos para suministrarme la comida que estaba a mi lado en un cacharro de barro sobre el suelo. Me di cuenta, con horror, que el cántaro había sido trasladado. Digo «con horror», pues me consumía una sed intolerable. La sed parecía ser lo que pretendían estimular mis perseguidores, pues el alimento que había en el plato era carne fuertemente sazonada.

Miré hacia arriba para examinar el techo de mi prisión. Tenía unos treinta o cuarenta pies de altura, y estaba en gran parte construido a semejanza de las paredes. En una de las planchas, una figura muy singular atrajo toda mi atención. Era la figura del Tiempo, como se la representa comúnmente, salvo que en medio de una guadaña sostenía aquello que después de una ojeada deduje que sería la imagen de un vasto péndulo, semejante al que vemos en los relojes antiguos. A pesar de todo, había algo en la apariencia de aquella máquina que me obligó a observarla con más atención. Mientras yo miraba directamente hacia ella (pues estaba situada precisamente sobre mí) imaginé que la veía moverse. Un momento después mi imaginación quedó confirmada. Su balanceo era breve, y desde luego lento. Durante algunos momentos lo observé con algo de temor, aunque maravillado. Al fin, cansado de observar el aburrido movimiento, dirigí mi vista hacia los otros objetos del techo.

Un ligero ruido atrajo mi atención, y al mirar al suelo vi varias ratas enormes que lo atravesaban. Habían surgido del pozo, que quedaba precisamente a mi derecha. Aun entonces, mientras las observaba, llegaron en tropel apresuradamente con ojos voraces, atraídas por el olor de la carne. Necesité mucho esfuerzo y atención para mantenerlas alejadas.

Debía de haber transcurrido una hora, o tal vez media (pues yo no podía tener una idea exacta del tiempo), antes de que volviera a levantar mis ojos. Lo que vi entonces me llenó de confusión y asombro. El balanceo del péndulo había aumentado en extensión casi una yarda. Como una consecuencia natural, su velocidad también se había hecho mayor. Pero lo que me molestó principalmente fue la idea de que hubiera «descendido» perceptiblemente. Entonces observé —con qué horror, es necesario decirlo— que su extremo inferior estaba formado por media luna de brillante acero, casi un pie de longitud de cuerno a cuerno. Las puntas estaban dirigidas hacia arriba y el borde inferior evidentemente estaba tan afilado como una navaja. También como una navaja parecía macizo y pesado, ensanchándose del filo a la base en una sólida y ancha estructura. Pendía de una fina barra de cobre y todo silbaba como si se balanceara en el aire.

Yo no podía dudar por más tiempo sobre la suerte que me había preparado la ingeniosa tortura monacal. Mi conocimiento del pozo había llegado a saberse por los agentes de la Inquisición —el pozo, cuyos honores habían sido destinados para un hereje tan temerario como yo—; el pozo, símbolo del infierno, y considerado por la opinión como la última Tule de todos los castigos. Había evitado la caída por pura casualidad, y yo sabía que la sorpresa del tormento al caer en él constituía una buena parte de toda la fantasmagoría de aquellas mazmorras de la muerte. Habiendo fallado la caída, no había ninguna parte en el demoniaco plan para arrojarme al abismo; y así, sin otra alternativa, me esperaba un medio de muerte diferente y más suave. ¡Más suave! Casi sonreí en mi agonía cuando pensé que podía aplicar un término como aquél a aquella clase de cosas.

¡Para qué contar las largas, las interminables horas de horror más que mortal durante las cuales conté las impetuosas oscilaciones del acero! Pulgada a pulgada, línea a línea, con un descenso que era únicamente apreciable a intervalos que parecían siglos, el péndulo bajaba implacablemente. Pasaron los días —pudieron haber sido muchos días, antes de que se balanceara tan cerca de mí como para abanicarme con su aire—. El olor del afilado acero penetraba ya en mi nariz. Recé; sí, cansé, cansé al cielo con mis rezos para que descendiera más rápidamente. Llegué a volverme loco frenético y luché para incorporarme hacia el vaivén de la terrible cimitarra. Y luego caí repentinamente calmado, y quedé riendo ante la muerte brillante, como un niño ante un extraño juguete.

Hubo otro intervalo de completa insensibilidad. Fue breve, pues al volver de nuevo a la vida no se había operado en el péndulo el menor descenso apreciable. Pero es posible que aquel tiempo hubiera sido muy largo, pues yo sabía que los demonios que observaban mis desvanecimientos podían haber determinado la vibración a su capricho. Al recuperarme, me sentí muy débil y enfermo, como resultado de una larga inanición. Aun entre aquellas agonías, la naturaleza humana pedía alimento. Con dolorosos esfuerzos estiré el brazo izquierdo todo lo que me permitieron las ligaduras y tomé el pequeño residuo de comida que habían dejado las ratas. Cuando llevé a mis labios un pedazo de aquella comida, se precipitó en mi mente un pensamiento embrionario de gozo y esperanza. ¿Pero qué tenía yo de común con la esperanza? Como he dicho, era un pensamiento embrionario que, como el de muchos hombres, jamás son completados. Sentía que era de gozo y esperanza, pero presiento también que había perecido en su formación. Luché en vano por perfeccionarlo, por recobrarlo. Los prolongados sufrimientos casi habían aniquilado todas las facultades de mi mente. Era un imbécil, un idiota.

La vibración del péndulo tenía lugar en un plano que formaba ángulo recto con mi cuerpo. Vi que la cuchilla estaba ideada para atravesarme por la parte del corazón. Rozaría la sarga de mi traje, y volvería y repetiría las operaciones una y otra vez. A pesar de la gran extensión del espacio barrido por la cuchilla (unos treinta pies o más) y de la silbante fuerza de su descenso, suficiente para cortar aquellas paredes de hierro, todo lo que pudo hacer durante varios minutos fue rasgar mis ropas; y en este pensamiento me detuve. Yo no me atrevía a ir más allá en esta reflexión. Medité sobre aquello con una pertinacia de atención como si al hacerlo pudiera detener allí el descenso del acero. Me puse a pensar en el sonido de la cuchilla cuando pasara a través de la tela, sobre la estremecedora sensación que produce el roce de la tela. Medité sobre estas naderías hasta que me rechinaron los dientes.

Bajaba, descendía implacable... Me producía un frenético placer contrastar su caída con su velocidad lateral. Se movía a la derecha y a la izquierda, lejos y cerca, ¡con el chirriar de un espíritu condenado!, hasta mi corazón, con el paso furtivo del tigre. Yo, alternativamente, sonreía y aullaba, según me dominase una u otra idea.

Bajaba, descendía implacablemente... Vibraba a tres pulgadas de mi pecho. Luché violentamente, furiosamente, para liberar mi brazo izquierdo. Estaba libre solamente del codo a la mano. Con esta última podía, con gran esfuerzo, alcanzar la comida del plato que tenía a mi lado, pero nada más. Si hubiera podido romper las ataduras, habría agarrado el péndulo e intentado detenerlo, lo que hubiera sido como intentar detener un alud.

Bajando, bajando de un modo inevitable... Yo luchaba y jadeaba a cada nueva vibración. Mis ojos seguían el movimiento de la cuchilla con la ansiedad de la más tremenda desesperación. Se cerraban, con movimientos espasmódicos, cuando descendía, aunque la muerta habría sido un alivio. ¡Oh, qué alivio más indecible! Y sin embargo, temblaba con todos mis nervios al pensar que por un ligero fallo de la máquina, la cuchilla se precipitaría afilada y reluciente sobre mi pecho... Era la esperanza lo que agitaba mi sistema nervioso y hacía encoger a mi cuerpo. Era la esperanza —la esperanza que triunfaba aún sobre el potro del tormento—, que susurra palabras en los oídos de los condenados a muerte hasta en las mazmorras de la Inquisición.

Calculé que diez o doce movimientos más pondrían el acero en contacto con mi ropa; y con esta observación se apoderó de mi espíritu toda la calma reconcentrada y fría de la desesperación. Por vez primera, desde hacía muchas horas, o días quizá, pensé. Se me ocurrió entonces que la atadura o cíngulo que me rodeaba era de una pieza. Estaba atado por una ligadura continua. El primer golpe de la cuchilla afilada sobre cualquier parte de la tira la cortaría lo suficiente como para permitir que mi mano izquierda la desatara de mi cuerpo. Pero ¡qué terrible sería en este caso su proximidad!

El resultado de la más ligera sacudida resultaría mortal. Además, ¿era probable que los verdugos no hubieran previsto posibilidad de tal clase? ¿Era probable que la ligadura me atravesara el pecho en el recorrido del péndulo? Temiendo encontrar frustrada aquella débil y al parecer última esperanza, levanté todo lo que pude mi cabeza para obtener una clara visión de mi pecho. El cíngulo rodeaba mis miembros y cuerpo en todas direcciones, salvo en la trayectoria de la cuchilla destructora.

Apenas había dejado caer mi cabeza en su posición original, cuando llameó en mi mente un sentimiento que no puedo describir sino diciendo que era la mitad de esa idea de liberación a la que he aludido previamente, y de la cual sólo su mitad flotaba vagamente en mi mente cuando llevé a mis ardientes labios el alimento. Entonces todo el pensamiento estaba allí, presente, débil, enfermizo, apenas visible, pero, sin embargo, completo. Enseguida continué con la nerviosa energía de la desesperación, para intentar su ejecución.

Durante muchas horas, las proximidades de la baja armadura sobre la que estaba yo recostado se había visto literalmente asediadas por las ratas. Allí estaban, fieras, osadas, codiciosas, con los ojos centelleando hacia mí, como si no esperaran más que la inmovilidad por mi parte para hacerme su presa. «¿A qué género de alimento —pensé— se habrán acostumbrado en el pozo?»

A pesar de todos mis esfuerzos por impedirlo, habían devorado todo el contenido del plato, menos una pequeña parte. Mi mano se había agitado en un movimiento de vaivén alrededor del recipiente, pero a la larga, la inconsciente uniformidad del movimiento le privaba de su efecto. En su voracidad, habían llegado a hincar sus afilados colmillos en mis dedos. Con los restos de la carne aceitosa y picante que quedaba froté concienzudamente las ataduras hasta donde pude llegar; luego alcé mi mano del suelo y la dejé inmóvil sobre el pecho.

Al principio, los rapaces animales se sorprendieron y se asustaron del cambio y del cese de movimiento de aquella mano obstaculizadora. Retrocedieron alarmados y algunos se refugiaron en el pozo. Pero aquello duró tan solo un momento. No en vano había contado yo con su voracidad. Al observar que permanecía sin hacer movimiento alguno, uno o dos de los más osados saltaron sobre la armadura y olfatearon el cíngulo. Aquello parecía la señal para una acometida general. Empezaron a salir apresuradamente del pozo en gran número. Se colgaron de la madera, la escalaron y saltaron a cientos sobre mi persona. El mesurado movimiento del péndulo no las molestaba en absoluto. Evitando sus golpes, se afanaban activamente sobre la banda engrasada. Presionaban y hormigueaban sobre mí en increíbles montones. Se retorcían sobre mi garganta; sus fríos hocicos buscaban mis labios. Estaba medio sofocado por su fuerte presión. Un asco, para el cual no existe nombre, henchía mi pecho y helaba con una pesada náusea mi corazón. Sin embargo, no tuvo que transcurrir un minuto para que yo sintiera que la lucha había terminado. Percibía claramente la distensión de las ligaduras. Sabía que, en más de un sitio, debían de estar cortadas. Con una resolución sobrehumana, continué inmóvil.

No hubo error en mis cálculos ni esfuerzos vanos. Al fin sentía que era libre. El cíngulo colgaba alrededor de mi cuerpo, hecho pedazos. Pero el golpe del péndulo presionaba ya sobre mi pecho. Tenía dividida la sarga de mi traje y se había cortado la camisa. Dos veces más en su balanceo, y un agudo sentido de dolor se extendió por todos mis nervios. Pero el momento de escapar había llegado. A un movimiento de mi mano huyeron tumultuosamente mis libertadoras. Con otro decidido movimiento, cauto y lento, me deslicé de la banda que me envolvía, fuera del alcance de la cimitarra. Al menos por el momento estaba libre.

¡Libre! ¡Y en las garras de la Inquisición! Apenas me había dejado caer de aquel lecho de horror hasta el suelo de piedra, cuando cesó el movimiento de la máquina infernal y la vi subir, subir, impulsada por alguna fuerza invisible, hacia el techo. Aquella fue una lección que llenó a mi corazón de desesperanza. Sin duda que era observado hasta en mis menores movimientos. ¡Libre! No había sino escapado de la muerte en una forma de agonía para ser entregado a algo peor que la muerte misma. Con aquel pensamiento moví los ojos nerviosamente a mi alrededor sobre las barreras de hierro que me rodeaban. Algo desacostumbrado —un cambio que al principio no pude apreciar con claridad— se había operado en la mazmorra. Durante muchos minutos de ensoñadora y temblorosa atracción estuve ocupado en vanas e incoherentes conjeturas. Durante este tiempo llegué a captar por vez primera el origen de la luz sulfúrea que envolvía la celda. Procedía de una grieta de casi media pulgada de ancho, que se extendía a lo largo de la prisión, en la base de las paredes, que de este modo parecían, y así lo estaban en realidad, completamente separadas del suelo. Hice intentos de mirar a través de la abertura, aunque en vano, naturalmente.

Cuando me levanté, después de este intento, el misterio de la alteración sufrida por la celda se me reveló totalmente. Había observado que aunque los contornos de las figuras pintadas sobre las paredes eran suficientemente claros, sus colores parecían borrosos e indefinidos. Aquellos colores habían asumido y asumían a cada momento una sorprendente y cada vez más intensa brillantez que comunicaba a aquellas figuras espectrales y diabólicas un aspecto capaz de hacer temblar a nervios más firmes que los míos. Los ojos de los diablos, de vivacidad fantasmal y feroz, centelleaban hacia mí desde millares de sitios, que antes yo no veía, y brillaban con el cárdeno fulgor de un sueño que no podía forzar a mi imaginación a considerarlo como irreal.

¿Irreal...? Me bastaba respirar para que llegara a mis narices el vapor de hierro enrojecido. Un sofocante calor invadía la prisión. A cada momento, los ojos que contemplaban mi agonía iban adquiriendo un fulgor más profundo. Sobre las horrorosas pinturas se iba difundiendo un tinte rojo, de sangre. Jadeaba, me ahogaba al respirar. No cabía duda sobre cuál era el plan de mis verdugos, los más despiadados, los más crueles de los hombres. Me alejé del metal ardiente hacia el centro de la mazmorra. En medio del pensamiento de mi destrucción por el fuego, la idea de frialdad del pozo se presentó a mi mente como un bálsamo. Me precipité hacia su profundo borde y miré el fondo con la mayor atención. El resplandor de la encendida bóveda iluminaba sus cavidades más ocultas. Sin embargo, durante un atolondrado instante, mi espíritu rehusó a comprender el significado de lo que yo veía. Se abrió camino a la fuerza en mi mente y ardió como una llama en mi conmovida razón. ¡Oh! ¡La voz me falta para expresarme! ¡Qué espanto! ¡Cualquier horror menos aquel...!

De un salto me aparté del borde y enterré la cara entre las manos..., llorando amargamente.

El calor aumentó rápidamente, y una vez más levanté la vista temblando de pies a cabeza. Se había operado en la celda un segundo cambio, y entonces el cambio afectaba evidentemente a su forma. Como la vez anterior, me fue imposible al principio intentar apreciar o comprender lo que había sucedido. Pero no permanecí mucho tiempo en la duda. La venganza inquisitorial había sido precipitada por mi doble escape y no podía hacer más que esperar al rey de los terrores. La celda había sido cuadrada, y ahora yo veía que dos de sus ángulos de hierros eran agudos, y los otros dos, obtusos en consecuencia. La terrible diferencia aumentaba rápidamente como un quedo gemido. En un instante, la estancia había tomado la forma de un rombo, pero la alteración no acababa aquí. No esperaba ni deseaba que parase. Podían haber aplastado las rojas paredes mi pecho buscando así la eterna paz. «Muerte —dije—, cualquier muerte, menos la del pozo.» ¡Loco de mí! ¿No podía comprender que el pozo era el objetivo del hierro candente que me rodeaba? ¿Podría resistir su calor? O si podía, ¿me sería posible escapar a su presión? Y entonces... el rombo se aplastaba más y más, con una rapidez que no dejaba tiempo para pensar. Su centro, y desde luego la mayor anchura, coincidía precisamente con el círculo del pozo. Me retiré; pero las paredes se cerraban, empujándome irresistiblemente. Al fin, mi cuerpo, quemado y retorcido, no tuvo sino una pulgada bajo los pies en el suelo de la prisión. No luché más, pero la agonía de mi alma halló salida en un grito alto, prolongado y final de desesperación. Sentí que me tambaleaba en el borde del abismo y aparté la mirada...

Se oyó un discordante rumor de voces humanas. La aguda explosión de muchos clarines. Un millar de truenos retumbaron a la vez. Las paredes de fuego retrocedieron precipitadamente. Un brazo se extendió para agarrarme por el mío, cuando estaba a punto de caer, desmayado, en el abismo. Era el brazo del general Lasalle. Las tropas francesas habían entrado en Toledo. La Inquisición había caído en manos de sus enemigos.

FIN DE
«EL POZO Y EL PÉNDULO»

EL ENTERRAMIENTO PREMATURO

Existen ciertos temas cuyo interés es absorbente, pero que son demasiado horribles para servir de argumento legítimo para una obra de mera ficción. Los simples novelistas deben evitarlos si no quieren ofender o desagradar. Ellos únicamente pueden ser manejados oportunamente cuando el rigor y la majestad de la verdad los justifica y sostiene. Nos estremecemos, por ejemplo, con el más intenso *dolor voluptuoso* al leer los relatos del paso del río ruso Beresina, del terremoto de Lisboa, de la peste de Londres, de la matanza de la Noche de San Bartolomé o de la asfixia de ciento veintitrés prisioneros en el pozo negro de Calcuta. Pero en estos relatos es el suceso, de hecho, lo que en realidad nos excita. Como simples invenciones, las hubiéramos leído con verdadera aversión.

He mencionado algunas de las más destacadas y famosas calamidades que se recuerdan; pero en ellas es la extensión, no menos que el carácter de la calamidad, lo que tan vivamente impresiona a la imaginación. No es necesario recordar al lector que, del largo y espantoso catálogo de miserias humanas, yo podía haber seleccionado muchos casos individuales más repletos de sufrimientos espantosos que cualquiera de esos enormes desastres generales. La verdadera desgracia, en realidad, la última angustia es particular y no difusa. Que las angustias postreras de la agonía sean soportadas por el hombre solo y no por el hombre-masa, es algo que debemos agradecer a la misericordia divina.

Ser enterrado vivo es, sin ningún género de dudas, el más terrorífico de esos extremos que pueda sobrevenirle al ser humano. Ninguna persona sensata podrá negar que aquello sucede frecuentemente, muy frecuentemente. Los límites que dividen la Vida de la Muerte son los más oscuros y vagos. ¿Quién podría decir dónde acaba una y dónde comienza la otra? Sabemos que existen casos que llevan consigo una total paralización de todas las funciones aparentes de la vida, y con todo, en ellas sólo se trata de una suspensión propiamente hablando. Sólo se trata de pausas momentáneas en el incomprensible mecanismo. Pasa cierto tiempo, y algún principio misterioso e invisible pone de nuevo en movimiento los mágicos piñones y las hechizadas ruedas. La cuerda de plata no se había soltado para siempre, ni se había roto irreparablemente el vaso de oro. Pero ¿dónde estaba el alma mientras tanto?

Aparte, pues, de la inevitable conclusión de que tales causas deben producir tales efectos, y que la reconocida existencia de casos de suspensión de las funciones vitales tiene que producir naturalmente, de vez en cuando, enterramientos prematuros, aparte de esta consideración, contamos con el testimonio directo de los médicos y de la experiencia vulgar para probar que un enorme número de esos enterramientos han tenido lugar actualmente. Podría referir ahora mismo, si fuera necesario, un centenar de casos auténticos.

Uno de los más notables, y cuyas circunstancias puede que aún estén frescas en la memoria de muchos lectores, ocurrió no hace mucho tiempo en la ciudad vecina de Baltimore, donde produjo una sensación intensa y dolorosa difundida por todas partes. La esposa de uno de los más respetables ciudadanos —un eminente abogado y miembro del Congreso— fue atacada por una súbita e inexplicable enfermedad que escapó por completo a la inteligencia de los médicos. Después de muchos sufrimientos murió, o al menos eso se creyó. Nadie sospechó, en realidad, ni tuvo razón para sospechar que ella no estuviera realmente muerta. Ella presentaba todo el aspecto ordinario de la muerte. El rostro mostraba toda la frecuente demacración y hundimiento naturales. Los labios tenían la usual palidez marmórea. Los ojos carecían de brillo. No tenía aliento. El pulso había dejado de latir. Durante tres días, el cuerpo estuvo sin enterrar, adquiriendo éste una rigidez pétrea. Por último, se adelantó el funeral, teniendo en cuenta el rápido avance de lo que se suponía era la descomposición cadavérica.

La dama fue depositada en el panteón familiar, donde permaneció durante tres años seguidos sin abrir. Al término de este plazo, se abrió para recibir un nuevo sarcófago, pero ¡ay, qué terrible impresión esperaba al esposo que personalmente abrió la puerta! Cuando giró la pesada hoja sobre sus goznes, un objeto cubierto de blanco cayo en sus brazos. Era el esqueleto de su esposa envuelto en un sudario todavía no enmohecido.

Una cuidadosa investigación evidenció que ella había revivido dos días después de ser enterrada; que en sus esfuerzos, había caído con el ataúd al suelo, rompiéndose éste entonces y permitiéndola escapar. Se encontró vacía una lámpara que había sido dejada por casualidad llena de aceite, y que pudo haber podido agotarse por evaporación. En el escalón más alto de los que descendían hacia la cámara mortuoria había un ancho pedazo del ataúd, con el que, al parecer, había golpeado la puerta con el objeto de llamar la atención. Mientras hacía aquello, probablemente se desmayaría, o tal vez murió, presa de terror, y, al caer, el sudario se le engancharía en algún saliente de hierro del interior. Así permaneció prendiéndose, en una postura erecta.

En el año 1810 ocurrió en Francia un caso de inhumación en vida, rodeado de circunstancias que justifican la afirmación de que, en realidad, la verdad es más extraña que la ficción. La heroína de la historia fue una llamada Victorine Lafoucarde, joven de ilustre familia, rica y dotada de gran belleza personal. Entre sus numerosos pretendientes estaba Julien Bossuet, un pobre escritor o periodista de París. Su talento y su simpatía generales habían atraído el interés de la heredera, de la cual él parecía haber estado muy enamorado; pero su orgullo de nacimiento le había decidido finalmente a rechazarlo y a casarse con el señor Rainelle, un banquero y diplomático de cierta valía. Sin embargo, después del matrimonio, este caballero la descuidó, y tal vez hasta llegó a infligirle malos tratos. Tras de pasar con él varios años llenos de sufrimientos, murió, o al menos su estado se parecía tanto a la muerte que engañó a todos los que la vieron. Ella fue enterrada no en una cripta, sino en una tumba ordinaria, en el cementerio de su pueblo natal.

Lleno de desesperación e inflamado por el recuerdo de su profundo amor, el periodista viajó desde la capital a la remota provincia donde estaba aquel pueblo, con el romántico propósito de desenterrar el cadáver y adueñarse de sus espléndidas trenzas. Llegó a la tumba. A medianoche desenterró el ataúd, lo abrió, y en el momento de ir a cortarle el cabello se detuvo al ver que se abrían los ojos de la amada. En realidad, la joven había sido enterrada viva. La vitalidad no había desaparecido por completo y despertó, por las caricias del enamorado, del letargo que había sido confundido con la muerte. La condujo con gran excitación a su alojamiento que tenía en el pueblo, y empleó ciertos poderosos revulsivos que le sugirieron sus escasos conocimientos de medicina; luego ella revivió y reconoció a su salvador. Permaneció junto a él hasta que, poco a poco, fue recobrando la salud. El corazón de la mujer no era tan duro como el diamante, y esta última elección de amor bastó para ablandarlo, entregándose por último a su fiel Bossuet. Ya no volvió a ver más a su marido, sino que, ocultando su resurrección, huyó con su amante a América. Veinte años más tarde regresaron los dos a Francia, persuadidos de que el tiempo habría cambiado tanto el aspecto de la dama que sus amigos serían incapaces de reconocerla. Sin embargo, estaban en un error, pues en el primer encuentro el señor Reinelle reconoció y reclamó a su esposa. Ella se opuso a semejante petición, y un tribunal le dio la razón, diciendo que bajo tales circunstancias y el largo tiempo transcurrido se había extinguido no sólo por equidad, sino legalmente, la autoridad del esposo.

El *Diario de Cirugía* de Leipzig, una publicación de gran autoridad y prestigio, y que merecería ser traducido y reeditado por algún editor norteamericano, registra en uno de sus últimos números un suceso muy impresionante de ese mismo carácter.

Un oficial de artillería, hombre de gran estatura y de salud robusta, fue tirado al suelo por un caballo desbocado y recibió una herida tan grave en la cabeza que lo dejó repentinamente insensible; el cráneo estaba ligeramente fracturado, pero no se temían graves consecuencias. Se le hizo la trepanación con éxito. Fue sangrado y se pusieron en práctica muchos remedios corrientes. Gradualmente, sin embargo, fue cayendo en un estado de estupor cada vez más desesperado, y finalmente se creyó que había muerto.

La estación era calurosa y se le enterró, con una prisa desacostumbrada, en uno de los cementerios públicos. Su funeral se llevó a cabo un jueves. El sábado siguiente, los terrenos del cementerio estaban como de costumbre muy concurridos, y casi a mediodía se produjo una intensa excitación por la declaración de un hombre que, mientras se encontraba sentado sobre la tumba del oficial, había sentido con toda claridad una conmoción en la tierra que parecía ocasionada por alguien que luchase debajo de ella. Al principio se prestó poca atención a las aseveraciones del hombre, pero su evidente terror y la tenaz persistencia con que insistía en la historia produjo, por último, los naturales efectos sobre el gentío. Rápidamente se buscaron algunas palas, y la tumba, que era afortunadamente poco profunda, fue abierta en pocos minutos hasta que apareció la cabeza de su ocupante. De momento parecía un muerto, pero de pronto se incorporó en el ataúd, cuya tapa había levantado en parte a causa de sus furiosos esfuerzos.

Conducido inmediatamente al hospital más cercano, pudo comprobarse que aún vivía, aunque en estado de asfixia. Al cabo de unas horas revivió, reconoció a personas conocidas, y con frases entrecortadas habló de las angustias que había sufrido en la tumba. De su relato se desprendía que debió haber transcurrido una hora desde que lo enterraran hasta que cayó en la insensibilidad, durante la cual el paciente se dio perfecta cuenta de que aún vivía. La tumba había sido llenada de un modo descuidado y flojo de tierra, que resultó extraordinariamente porosa, debido a lo cual le pudo llegar algo de aire. Cuando oyó los pasos de la gente sobre su cabeza, se esforzó en hacerse oír. Dijo que fue precisamente el tumulto de la gente en los terrenos del cementerio lo que pareció despertarlo de un profundo sueño, pero apenas se hubo despertado cayó completamente en la cuenta de lo espantoso de su situación.

Aquel paciente, según se dice, iba recuperándose, y cuando parecía en vías de completa recuperación, sucumbió víctima de la charlatanería de los experimentos médicos. Le fue aplicada una batería galvánica, y expiró repentinamente en uno de aquellos estáticos paroxismos que en ocasiones producen tales experimentos.

Al mencionar la batería galvánica viene a mi memoria un famoso y muy extraordinario caso en el que su acción facilitó los medios de volver a la vida a un joven abogado de Londres que hacía dos días que había sido enterrado. Esto ocurrió en 1831 y produjo en aquel tiempo una sensación muy profunda dondequiera que se trató del tema.

El paciente, el señor Edward Stapleton, había muerto aparentemente de fiebres tifoideas, acompañadas de algunos síntomas anormales que habían excitado la curiosidad de los médicos que lo atendían. Después de su muerte aparente, se pidió a sus amigos una autorización para un exámen *post-mortem;* pero les fue denegada. Como sucede frecuentemente cuando tales autorizaciones no se conceden, los médicos decidieron desenterrar el cuerpo para practicar la disección a su gusto. Fácilmente se cerraron tratos con algunos de los numerosos ladrones de cadáveres de abundan en Londres, y a la tercera noche después del funeral fue desenterrado el supuesto cadáver de la tumba, de ocho pies de altura, y depositado en la cámara de operaciones de uno de los hospitales privados.

Se había practicado en su abdomen una extensa incisión, cuando el fresco e inalterable aspecto del sujeto sugirió aplicar la batería galvánica. Un experimento siguió a otro, y los efectos acostumbrados sobrevinieron sin ocurrir nada de particular bajo ningún aspecto, excepto en una o dos ocasiones, que se presentó un grado harto frecuente de apariencia de vida en la acción convulsiva.

Se hacía tarde. Estaba a punto de amanecer y se creyó conveniente al fin pasar inmediatamente a la disección. Un estudiante, sin embargo, se mostró especialmente deseoso de probar una teoría propia, e insistió en aplicar una batería a uno de los músculos pectorales. Se practicó una gran incisión y rápidamente se puso en contacto por medio de un alambre. Entonces el paciente, con un rápido y convulsivo movimiento, se levantó de la mesa, anduvo algunos pasos por medio de la habitación y miró en derredor durante unos segundos. Luego habló. Lo que dijo resultó inteligible, pero pronunció palabras; las sílabas eran claras. Una vez que hubo hablado, cayó pesadamente en el suelo.

Durante algunos momentos, todos quedaron paralizados de terror, pero la urgencia del caso pronto les devolvió su presencia de ánimo. Se comprobó que el señor Stapleton estaba vivo, aunque se hallaba desmayado. Al aplicarle el éter revivió, recuperando rápidamente la salud, y a la sociedad de sus amigos se les ocultó la resurrección hasta que quedó descartado el temor de una recaída. Se puede suponer su asombro, su arrebatada sorpresa al conocerlo.

La peculiaridad más importante de este suceso, no obstante, radica en las declaraciones hechas por el mismo señor Stapleton. Declaró que en ningún momento estuvo completamente insensible, y que de un modo embotado y confuso se dio cuenta de todo lo que le sucedía, desde el momento que se pronunció la palabra muerte por los médicos, hasta que cayó desmayado sobre el suelo del hospital. «Estoy vivo», eran las incomprensibles palabras que había intentado pronunciar al reconocer la sala de operaciones.

Sería una cosa fácil multiplicar historias como éstas, pero me abstengo de hacerlo, pues en realidad no tenemos necesidad de aquéllas para establecer que realmente suceden los enterramientos prematuros. Cuando reflexionamos que, por la misma naturaleza del caso, nosotros muy raramente tenemos a nuestro alcance los medios para descubrirlos, debemos admitir que puede que ocurran con frecuencia sin nuestro conocimiento. En realidad, apenas existen cementerios que por cualquier propósito no se trasladen los restos y se hallen los esqueletos en posturas que sugieren las más terribles de las sospechas.

¡Terrible en realidad la sospecha, pero más terrible aún esa sentencia! Se puede añadir sin vacilación que ningún acontecimiento resulta tan terriblemente bien adaptado para inspirar la suprema angustia física y mental como el de un enterramiento en vida. La irresistible opresión de los pulmones, el vaho asfixiante de la tierra húmeda, las rígidas prendas de la muerte, la oscuridad de la noche, la invisible pero indudable presencia del gusano vencedor; todas estas cosas, unidas al pensamiento del aire exterior y de la hierba que crece encima; al recuerdo de los amigos que correrían a salvarnos si supieran nuestro destino, pero que nunca llegarán a saberlo; y a la idea de que el papel, por decirlo así, que nos ha sido asignado, es el de definitivamente muerto; todas estas reflexiones, en fin, llevan al corazón que todavía late a un grado tan espantoso y tan intolerable de horror, que hace retroceder a la más osada imaginación. No conocemos nada tan angustioso sobre la tierra, no podemos imaginar algo tan espantoso en los confines de los infiernos, y, como consecuencia, todos los relatos acerca de este tema poseen un interés profundo; interés, no obstante, que por el carácter del sagrado terror que infunde el tema mismo, depende de nuestra propia convicción acerca de la veracidad de la narración. Lo que voy a exponer ahora se basa en mi propio conocimiento y en mi experiencia positiva y personal.

Hace muchos años que sufro ataques de esa singular dolencia que los médicos coinciden en llamar catalepsia, a falta de otro título más definitivo. Aunque tanto las causas inmediatas como las determinantes, e incluso el actual diagnóstico de la enfermedad sean todavía misteriosas, su claro y aparente carácter es suficientemente bien conocido. Sus variaciones parecen ser principalmente de grado. A veces el paciente cae durante un día, o incluso durante un breve periodo de tiempo, en una especie de exagerado letargo. Está sin sentido y externamente inmóvil, pero la pulsación de su corazón es todavía débilmente perceptible; quedan algunas huellas de calor; se mantiene un ligero color en las mejillas, y al aplicar un espejo en los labios podemos descubrir una acción torpe, desigual y vacilante de los pulmones. Hay veces en las que la duración del trance se prolonga durante semanas, incluso meses, mientras los más minuciosos exámenes y las pruebas médicas más rigurosas no dejan de establecer ninguna distinción material entre el estado del enfermo y lo que consideramos como muerte absoluta. Con mucha frecuencia se salva de este enterramiento porque sus amigos saben que ha sufrido con anterioridad ataques de catalepsia, y por consiguiente se suscitan sospechas, y por encima de todo, por la ausencia de descomposición. Los progresos de la enfermedad son afortunadamente graduales. Las primeras manifestaciones, aunque marcadas, son inequívocas. Los ataques van haciéndose sucesivamente más y más claros, prolongándose cada vez más. En esto reside básicamente la principal seguridad de salvarse de la inhumación. El desgraciado cuyo primer e imprevisto ataque sea ya de gran intensidad y duración, como a veces sucede, corre el peligro inevitablemente de ser llevado vivo a la tumba.

Mi propio caso no se diferencia en ningún detalle importante de los casos citados en los libros de medicina. A veces, sin causa aparente, yo me hundía poco a poco en un estado de semisíncope o de medio desfallecimiento, y de ese modo permanecía sin dolor, sin poder moverme o, hablando estrictamente, sin pensar, pero sumido en una conciencia embotada y letárgica de la vida y de la presencia de aquellos que me rodeaban en el lecho, hasta que, pasada la crisis de la enfermedad, me recuperaba de pronto a mi estado normal. En otras ocasiones, la enfermedad me atacaba rápida e impetuosamente. Entonces yo me sentía mareado, entumecido y aturdido, y caía postrado inmediatamente. Luego, durante semanas, todo era vacío, tinieblas y silencio, y la nada llegó a ser mi universo. No podría existir una aniquilación más total. De aquellos últimos ataques yo despertaba, sin embargo, poco a poco, en proporción con lo repentino del ataque. Regresaba a mí la luz de mi propio espíritu como despunta el día para el mendigo sin amigos y hogar, que vaga por las calles en una desolada y larga noche de invierno; con la misma lentitud y con la misma fatiga, pero a la vez, con la misma alegría también.

Dejando a un lado esta tendencia a la catalepsia, mi salud general parecía ser buena; no podía yo sospechar que estaba afectado por una enfermedad predominante, a no ser que pudiera considerarse como morbosa una especial característica que se daba en mi sueño ordinario. En efecto, al despertar del sueño, yo nunca podía recuperar enseguida mis sentidos, y siempre permanecía durante algunos minutos sumido en un gran aturdimiento y perplejidad, con las facultades mentales, y en especial la memoria, sumidas en una inactividad absoluta.

En todo aquello que soportaba no había sufrimiento físico, sino únicamente una pena moral infinita. Mi imaginación tendió a lo fúnebre. Yo hablaba de gusanos, de tumbas, de epitafios. Me perdía en sueños de muerte, y la idea de enterramiento prematuro no se apartaba de mi mente. El fantasmal peligro al que me hallaba expuesto me acosaba día y noche. En el primero, la tortura de la meditación era excesiva; en aquella, suprema. Cuando la ceñuda oscuridad se extendía sobre la tierra, entonces, con el mismo horror de mis pensamientos, yo temblaba, temblaba como las plumas de una carroza fúnebre. Cuando la naturaleza no podía soportar estar despierta por más tiempo, consentía yo a regañadientes en dormir, pues me estremecía al pensar que al despertarme podría verme convertido en el ocupante de una tumba. Y cuando finalmente me abandonaba al sueño, de pronto quedaba precipitado en un mundo de fantasmas, sobre el cual, con anchas, enlutadas y tenebrosas alas, se cernía predominante la Idea única y sepulcral.

De las innumerables imágenes sombrías que me oprimían en sueños, escogeré para relatarla una impresión aislada. Creía verme sumido en un trance cataléptico de mayor duración y profundidad que de costumbre. De pronto, una mano helada se apoyó sobre mi frente y una voz impaciente murmuró a mi oído: ¡Levántate!

Me incorporé. La oscuridad era total. Yo no podía ver la figura que me había ordenado levantarme. No podía recordar el momento en que yo había caído en trance, ni el sitio donde me hallaba entonces. Mientras permanecía inmóvil, tratando de coordinar mis ideas, la mano helada me asió con fiereza de la muñeca, sacudiéndola malhumoradamente, al tiempo que la voz entrecortada susurraba a mi oído.

—Levántate. ¿No te he dicho que te levantes?

—¿Y quién eres tú? —le pregunté.

—No tengo nombre en las regiones que habito —replicó la voz lúgubre— Fui mortal, pero ahora soy un demonio. Fui despiadado, pero ahora soy compasivo. Tienes que sentir cómo tiemblo. Mis dientes castañeteaban cuando hablo, y no es por el frío de la noche, de la noche sin fin. Pero este horror es insoportable; ¿cómo puedes dormir tranquilamente? A mí no me deja descansar el grito de esas grandes agonías. Estas visiones son más de lo que yo puedo soportar.

¡Levántate! Ven conmigo a la noche exterior y déjame abrir para ti las tumbas. ¿No es éste un espectáculo lastimoso? ¡Contempla!

Miré, y la figura invisible que todavía me llevaba de la muñeca abría para mí todas las tumbas de la humanidad. De cada una de ellas surgía la débil radiación fosfórica de la descomposición. De modo que yo podía ver los rincones más recónditos y los cuerpos amortajados en sus tristes y solemnes sueños con los gusanos. Pero, ¡ay!, los verdaderos durmientes eran pocos, y muchos millones aquellos que no dormían en absoluto. Se percibía una débil lucha y un triste desasosiego general, y desde el fondo de las innumerables fosas llegaba el melancólico crujido de los sudarios. Y entre aquellos que parecían reposar tranquilamente vi un gran número que había cambiado, en un grado mayor o menor, la rígida e incómoda postura que habían adoptado en un principio al ser enterrados. Entonces, la voz me dijo de nuevo, mientras yo los contemplaba:

—¿No es éste un espectáculo lastimoso?

Pero antes de que yo pudiera encontrar palabras para responder, la figura me había soltado la muñeca, las luces fosfóricas se habían esfumado, y las tumbas se habían cerrado con una repentina violencia, mientras de ellas se elevaba un tumulto de desesperadas voces que gritaban repitiendo: «¿No es éste, ¡Dios mío!, no es éste un espectáculo lastimoso?».

Fantasías tales como aquéllas se me aparecían por la noche, extendiendo su aterradora influencia hasta mis horas de vigilia. Mis nervios estaban completamente debilitados y era presa de un perpetuo espanto. Dudaba antes de montar a caballo, caminar o hacer cualquier cosa que pudiera alejarme de mi casa. En realidad, no me atrevía a alejarme de la compañía de aquellos que estaban enterados de mi propensión a la catalepsia, no fuera a ser que cayera en uno de mis habituales ataques y se me enterrara vivo antes de que averiguasen mi verdadero estado. Dudaba de las atenciones, de la felicidad de mis amigos más queridos. Temía que durante un ataque, de una duración superior a la acostumbrada, ellos pudieran librarse de mí considerándome irrecuperable. Todavía llegué hasta temer que, como yo ocasionaba muchas molestias, pudieran darse por contentos, considerando cualquier prolongado ataque como suficiente disculpa para desembarazarse de mí. Fue en vano que se esforzasen en convencerme de lo contrario con las más solemnes promesas. Les exigí los más sagrados juramentos de que bajo ninguna circunstancia me enterrarían hasta que la descomposición estuviera materialmente tan avanzada que hiciese imposible toda recuperación ulterior. Y aun así, mis terrores mortales no se prestaban a escuchar razones ni a aceptar el menor consuelo. Adquirí una serie de cuidadosas precauciones. Entre otras cosas, reconstruí el panteón de la familia, de tal modo que pudiera ser abierto con facilidad desde el interior. La más ligera presión sobre una larga barra que se extendía hasta dentro de la tumba abriría las puertas de hierro. Se hicieron otros arreglos para permitir que el aire y la luz penetrasen en el interior, y convenientes receptáculos de agua y comida al alcance inmediato del féretro preparado para recibirme. Este ataúd estaba abrigado y almohadillado y provisto de una tapa construida según el sistema de la puerta de la cripta, con la adición de resortes que contribuían a que el menor movimiento del cuerpo fuera suficiente para ponerme en libertad. Además de todo esto, hice colgar del techo de la tumba una gran campana, cuya cuerda sería introducida a través de un agujero por el féretro y sujeta a una de las manos del cadáver. Pero, ¡ay!, ¿de qué pueden servir todas las precauciones del hombre contra su destino?

Ni siquiera estas seguridades tan ingeniosamente pensadas bastarían para salvar de las supremas angustias de un entierro en vida al desgraciado condenado fatalmente a sufrirlo.

Se presentó una ocasión —como tantas otras se habían presentado anteriormente— en que me encontré a mí mismo saliendo de una inconsciencia absoluta, con un sentimiento débil e indefinido de mi propia existencia. Lentamente, a paso de tortuga, se acercaba el alba gris del día psíquico. Un vago malestar. Un sufrimiento apático de embotado dolor. Ningún cuidado, ninguna esperanza, ningún esfuerzo. Luego, después de un largo intervalo, un zumbido en los oídos; más tarde, después de una pausa todavía más larga, una sensación de cosquilleo o de hormigueo en las extremidades; después, un periodo que parecía eterno de gozosa quietud, durante el cual el pensamiento de despertarme estaba luchando por abrirse camino; posteriormente, un breve hundimiento en la nada; a continuación, un repentino recobramiento. Finalmente, un ligero temblor en los párpados e inmediatamente una sacudida eléctrica de terror mortal e indefinida que envía la sangre a torrentes desde las sienes hasta el corazón. Y entonces, el primer esfuerzo positivo de pensar. El primer esfuerzo de recordar. Luego, un éxito parcial y pasajero. Y he aquí que la conciencia acaba de recobrar su dominio para que, hasta cierto punto, tenga yo conocimiento de mi estado. Siento que no me despierto de un sueño corriente. Recuerdo que he sido sujeto de la catalepsia, y ahora, al fin, mi estremecido espíritu está anonadado como si estuviera bajo la acometida de un océano, de algún horrible peligro, de alguna idea espectral y obsesionante.

Durante algunos minutos, después de aquel pensamiento, permanecí sin movimiento. ¿Por qué? No podía reunir la fuerza suficiente para moverme. No me atreví a hacer el esfuerzo que me libraría de mi suerte, y, sin embargo, había algo en mi corazón susurrándome que *aquello era seguro.* La desesperación, como ninguna otra especie de desdicha recibió tal nombre antes, la desesperación sólo me impelió, después de largo tiempo de vacilación, a levantar los pesados párpados de mis ojos. Los levanté. La oscuridad era total. Sabía que el ataque había pasado. Notaba que la crisis de mi enfermedad había pasado hacía mucho tiempo. Entonces sentí que había recobrado completamente el uso de mis facultades visuales, pero, sin embargo, estaba oscuro, negro por completo, con la intensa y completa oscuridad sin alivio de la noche que no acaba jamás.

Intenté chillar; mis labios y mi lengua hinchada se movieron al mismo tiempo convulsivamente; pero ninguna voz surgió de los cavernosos pulmones, que oprimiéndome como si estuviera bajo el peso de una montaña, jadeaban y palpitaban con el corazón a cada forzada y complicada inspiración respiratoria.

Al intentar mover las mandíbulas para gritar, comprobé que estaban atadas como se suele hacer con los muertos. También sentí que descansaba sobre un material duro, que parecía idéntico al que me comprimía igualmente por los costados. Hasta entonces no me había aventurado a agitar mis miembros, pero ahora levanté violentamente los brazos, que habían sido colocados con las muñecas cruzadas. Golpearon éstas contra una sólida madera que se extendía sobre mi persona, a una altura de no más de seis pulgadas de mi cara. Ya no podía dudar que reposaba encerrado en el ataúd.

Y entonces, en medio de todas mis infinitas miserias, me llegó suavemente el ángel de la esperanza, pues recordé mis precauciones. Me retorcí e hice esfuerzos espasmódicos para intentar abrir la tapa; no podía moverme. Palpé con mis muñecas, intentando hallar la cuerda, pero no la encontré.

Y entonces la esperanza huyó para siempre, y aun una severa desesperación triunfó amargamente, pues no podía explicarme la ausencia del acolchado que había sido tan cuidadosamente preparado, y también entonces llegó de pronto hasta mí el fuerte y peculiar olor de tierra húmeda. La conclusión era inevitable. No me hallaba dentro del panteón. Yo había caído en trance hallándome ausente de mi casa —tal vez entre extraños—; cuándo o cómo, no podía recordarlo, y a eso se debía que ellos me hubieran enterrado como a un perro —encerrado en algún ataúd vulgar— y arrojado profundamente para siempre en una tumba ordinaria y sin nombre.

Cuando esta terrible convicción se adueñó de mi espíritu, penetrando hasta sus más recónditas profundidades, enseguida me esforcé por gritar como había hecho antes. Esta segunda vez lo logré. Entonces, un grito agudo, largo, salvaje y continuado, o un grito de agonía, retumbó por los reinos de la noche subterránea.

—¡Helo!, ¡helo aquí! —dijo en respuesta una voz ronca.

—¿Qué diablos pasa ahora? —contestó un segundo.

—¿Sales o qué? —dijo un tercero.

—¿Qué significa ese modo de gritar como si fuera un gato en celo? —dijo un cuarto.

Y en ese momento fui agarrado y agitado sin la menor ceremonia, durante varios minutos, por un grupo de individuos de apariencia más bien ruda. Ellos no me sacaron de mi sueño, pues ya me encontraba bastante despierto cuando grité; ellos me devolvieron la completa posesión de mi memoria.

Esta aventura me sucedió cerca de Richmond, en Virginia. Acompañado de un amigo, en una excursión de caza, había recorrido unas cuantas millas al sur de las márgenes del río James. La noche se acercaba y fuimos sorprendidos por una tormenta. La cabina de una pequeña balandra, que quedaba anclada sobre la corriente y cubierta con mantillo, nos ofrecía el único cobijo útil. Sacamos el mejor partido posible y pasamos la noche a bordo. Dormí en una de las dos literas de la embarcación —casi resulta innecesario describir cómo es una balandra de sesenta o setenta toneladas—. La que yo ocupaba no tenía lecho de ninguna clase. Su anchura mayor media dieciocho pulgadas. La distancia de su fondo hasta el techo era precisamente la misma. Encontré que era excesivamente difícil acomodarme a ella. No obstante, yo dormí profundamente, y todo lo de mi visión —pues no soñé ni sufrí ninguna pesadilla— se produjo naturalmente por las circunstancias de mi posición, de mi frecuente predisposición a pensar y de la dificultad a que he aludido de la recuperación del pleno uso de mis sentidos, y especialmente de recobrar mi memoria largo tiempo después de haber despertado de un sueño. Los hombres que me agitaron pertenecían a la tripulación de la balandra y algunos trabajadores encargados de descargarla. Y era de la carga precisamente de donde provenía el olor a tierra húmeda. La venda que tenía alrededor de las mandíbulas era un pañuelo de seda que me había atado sobre la cabeza a falta de gorro de dormir.

Sin embargo, las torturas que sufrí durante aquel tiempo, indudablemente, debieron ser iguales que si se hubiera tratado de una sepultura. Fueron terribles, inconcebibles, espantosas; pero al mal le siguió el bien, pues sus excesos forjaron en mi espíritu un cambio inevitable. Mi alma recobró el ánimo; se templó: salí fuera. Hice un fuerte ejercicio. Respiré el aire puro. Pensé sobre la muerte. Abandoné los libros de medicina. Quemé Buchan. No volví a leer los *Pensamientos nocturnos* ni historias altisonantes sobre cementerios, ni cuentos de espantajos tales como éste.

En poco tiempo me convertí en otro hombre y vivía la vida de ese hombre. Desde aquella noche memorable me despedí para siempre de mis aprensiones sepulcrales, y con ellas se desvaneció el desorden cataléptico del que, tal vez, ellos habían sido no menos las consecuencias que la causa.

Hay momentos, incluso para el soberbio ojo de la Razón, en que el mundo de nuestra triste humanidad puede adoptar la apariencia de un infierno; pero la imaginación del hombre no es apta para explorar con impunidad su misma caverna. ¡Ay!, las ceñudas legiones de los terrores sepulcrales no pueden ser consideradas del todo como una cosa completamente fantástica, pero como los demonios en cuya compañía Afrasiab hizo su viaje hacia el Oxus debían dormir o nos devorarían, nosotros debemos permitir que duerman para que no nos hagan perecer.

FIN DE
«EL ENTERRAMIENTO PREMATURO»

EL CASO DEL SEÑOR VALDEMAR

No pretenderé, naturalmente, que exista motivo para maravillarse de que el extraordinario caso de M. Valdemar haya despertado discusiones en torno suyo. En realidad, hubiera sido un milagro que otra cosa hubiera pasado. A pesar del deseo de todas las personas relacionadas de que el caso no trascendiera al público, al menos de momento, o hasta que tuviéramos más oportunidades para investigar, y a pesar de los esfuerzos que realizamos en ese sentido, es un hecho que una noticia deformada o exagerada se ha difundido entre la gente y ha llegado a ser el motivo de una serie de desagradables interpretaciones, por su falsedad, y, naturalmente, de una gran incredulidad.

Es, por lo tanto, necesario que yo exponga los hechos tal como yo mismo los comprendo. Por lo mismo, me limito a exponerlos sucintamente.

Mi atención, durante los tres últimos años, se había visto grandemente atraída por el tema del mesmerismo, y hace casi nueve meses se me ocurrió de pronto que, en la serie de experiencia llevadas a cabo hasta entonces, se había cometido una notable e inexplicable omisión: ninguna persona había sido nunca mesmerizada *in articulo mortis.* Debía verse primero si existía en tales circunstancias en el paciente alguna susceptibilidad magnética; segundo, si existía alguna, era disminuida o aumentada por la situación; tercero, comprobar hasta qué extensión o durante cuánto tiempo podía demorarse la acción de la muerte por este medio. Existían otros puntos que descubrir, pero éstos eran los que más excitaban mi curiosidad, el último en especial, por el importantísimo carácter de sus consecuencias. Mirando a mi alrededor, en busca de algún sujeto que me permitiera poner a prueba estos puntos, pensé en mi amigo Ernest Valdemar, el conocido compilador de la *Biblioteca Forensica,* y autor, bajo el seudónimo de «Issachar Marx», de las versiones polacas de *Wallenstein* y de *Gargantúa.* El señor Valdemar, que había residido principalmente en Harlem, Nueva York, desde el año 1839, es, o era, particularmente notable por la delgadez de su persona, por sus extremidades inferiores muy parecidas a las de John Randoph, y también por la blancura de su barba, en violento contraste con lo negro de su pelo, el cual, en consecuencia, era confundido generalmente con una peluca. Su temperamento era marcadamente nervioso, y hacía de él un buen sujeto para un experimento mesmérico. En dos o tres ocasiones había conseguido dormirlo con poca dificultad, pero me desilusionaba en otros resultados que su peculiar constitución me habían hecho naturalmente anticipar. En ningún momento pude someter su voluntad de un modo positivo o completo a mi dominio, y en cuanto a su clarividencia, no pude realizar nada con él digno de relieve.

Siempre atribuía mi fracaso en los experimentos al desordenado estado de salud de mi amigo. Algunos meses antes de conocerlo, sus médicos le habían diagnosticado una tisis. En realidad, solía hablar de su muerte con tanta tranquilidad como de algo que no se podía evitar ni ser tampoco lamentado.

Cuando se me ocurrieron por vez primera las ideas a las que he aludido fue, como es lógico, muy natural que pensase en el señor Valdemar. Conocía demasiado la firme filosofía de aquel hombre para tener algún escrúpulo por su parte, y además no tenía parientes en América que pudieran interponerse. Le hablé con franqueza sobre el asunto, y cuál no sería mi sorpresa cuando noté que se despertaba en él un excitado interés. Digo que con sorpresa, pues aunque él siempre había cedido su persona libremente para mis experimentos, nunca había dado muestras de simpatía por lo que realizaba. Su enfermedad era de una naturaleza que permitía calcular con toda exactitud la época de su muerte. Finalmente, convinimos en que me avisaría veinticuatro horas antes del momento anunciado por los médicos para su fallecimiento.

No han pasado más de siete meses desde que recibí del mismo señor Valdemar la siguiente nota:

«Mi querido P...: Puede usted venir ahora; D... y F... están de acuerdo en que yo no puedo pasar de la medianoche de mañana, y creo que aciertan con bastante exactitud.

VALDEMAR.»

Recibí esta nota media hora después de haber sido escrita, y quince minutos después me hallaba en la alcoba del hombre moribundo. No lo había visto hacía diez días, y me asustó la terrible alteración que en tan breve espacio de tiempo se había operado en él. Su cara tenía color plomizo; sus ojos habían perdido todo brillo y su demacración era tan extrema que el pellejo parecía poder rajarse por los pómulos. Su expectoración era excesiva. El pulso apenas era perceptible. A pesar de todo, conservaba de un modo muy notable tanto su fuerza mental como hasta cierto grado su fuerza física. Hablaba con claridad, tomaba sin necesidad de ayuda algunas medicinas calmantes, y cuando entré en la habitación estaba ocupado en escribir a lápiz algunas notas en un cuaderno de bolsillo. Estaba incorporado en el lecho, apoyándose en unas almohadas. Los doctores D... y F... le estaban atendiendo.

Después de estrechar la mano de Valdemar, me llevé aparte a aquellos caballeros y obtuve de ellos un minucioso informe sobre las condiciones del paciente. El pulmón izquierdo había estado durante dieciocho meses en un estado semióseo o cartilaginoso, y resultaba, por supuesto, completamente inútil para todo propósito de vida. El derecho, en su parte superior, estaba también parcialmente, si no completamente, osificado, en tanto que la región más baja era simplemente una masa de tubérculos purulentos que supuraban entre ellos. Existían varias perforaciones extensas, y en un punto se había producido una adhesión permanente a las costillas. Estas apariciones en el lóbulo derecho eran de fecha relativamente reciente. La osificación había progresado con insólita rapidez, sin que hasta un mes antes se hubiera descubierto ninguna señal, y la adhesión sólo había sido observada durante los tres últimos días. Independientemente de la tisis, se sospechaba que el paciente sufría de una aneurisma de la aorta; pero sobre este punto, los síntomas de osificación hacían imposible un diagnóstico exacto. La opinión de los dos médicos era que Valdemar moriría en la medianoche del día siguiente, domingo. Eran las siete de la tarde del sábado.

Al dejar la cabecera del enfermo para hablar conmigo, los doctores D... y F... le habían dado su último adiós. No tenían intención de volver, pero, a petición mía, ellos accedieron a visitar al paciente sobre las diez de la noche siguiente.

Cuando se hubieron ido, hablé libremente con el señor Valdemar sobre el tema de su próxima muerte, así como también, y más especialmente, del experimento propuesto. Me manifestó que estaba muy ansioso y gustoso de llevarlo a cabo, y hasta me incitó a comenzar inmediatamente. Un enfermero y una enfermera lo cuidaban, pero yo me sentía con libertad para comenzar un trabajo de aquella naturaleza sin testigos más dignos de confianza que aquella gente, para el caso de que pudiera sobrevenir un accidente repentino. Debido a ello, pospuse la operación hasta casi las ocho de la noche siguiente, hora en que llegaría un estudiante de medicina (Theodore L.), con quien tenía alguna amistad y que me alivió de ulteriores preocupaciones. En un principio, había sido mi intención esperar a los médicos; pero fui impulsado a seguir, primero, por los urgentes ruegos del señor Valdemar, y en segundo lugar, por mi convicción de que no tenía un instante que perder, puesto que el enfermo se encontraba prácticamente en las últimas.

El señor L... fue tan amable de acceder a mi deseo de que tomase nota de todo lo ocurrido, y lo que voy a relatar está en su mayor parte condensado o copiado de un memorando.

Faltarían cinco minutos para las ocho, cuando, cogiendo la mano del paciente, le rogué que confirmase tan claramente como pudiera al señor L... si él estaba completamente dispuesto a que se hiciera el experimento de mesmerizarse en aquellas condiciones.

Él contestó débilmente, pero perfectamente audible:

—Sí, deseo ser mesmerizado —añadiendo inmediatamente después—: temo que usted lo haya retrasado demasiado tiempo.

Mientras hablaba, comencé los pasos que yo había hallado como los más eficaces para adormecerlo. Evidentemente, quedó influido con el primer pase lateral de mi mano a través de su frente, pero aunque usé todos mis poderes, no conseguí ningún efecto perceptible hasta unos minutos después de las diez, cuando acudieron los doctores D... y F..., según habíamos acordado. En pocas palabras les expliqué lo que me había propuesto, y como ellos no opusieran ninguna objeción, diciéndome que el paciente estaba ya en la agonía, proseguí sin vacilación, cambiando, sin embargo, los pases laterales por otros de arriba abajo, y dirigiendo mi mirada completamente al ojo derecho del enfermo.

A la sazón, su pulso era imperceptible y su respiración estertorosa, con intervalos de medio minuto.

Esta situación permaneció estacionaria durante un cuarto de hora. Al fin de este plazo, sin embargo, se escapó del pecho del moribundo un suspiro natural, aunque muy profundo, y cesó la respiración estertorosa; es decir, el estertor ya no resultaba audible, mientras que los intervalos no disminuyeran. Las extremidades del enfermo estaban totalmente heladas.

A las once menos cinco percibí signos inequívocos de la influencia mesmérica. Los ojos vidriosos, ya casi en blanco, adquirieron esa expresión de inquieta mirada hacia dentro que sólo se ve en los casos de sonambulismo, y que resulta totalmente inconfundible. Con algunos rápidos pases horizontales, conseguí que le temblaran los párpados como ante un sueño incipiente, y con unos cuantos más se los cerré completamente. No quedé satisfecho con esto, sino que continué vigorosamente las manipulaciones con la plena tensión de la voluntad, hasta que conseguí la paralización completa de los miembros del durmiente, después de colocarlos en la posición que parecía más cómoda. Las piernas estaban completamente estiradas; los brazos casi lo estaban, a regular distancia de los riñones. Tenía la cabeza ligeramente elevada.

Cuando hube realizado esto era ya medianoche, y rogué a los caballeros presentes que examinaran el estado del señor Valdemar. Después de algunos experimentos, ellos admitieron que estaba en un estado de trance mesmérico insólitamente perfecto. La curiosidad de los médicos quedó gradualmente excitada. El doctor D..., enseguida resolvió permanecer con el paciente durante toda la noche, mientras el doctor F... se despidió con la promesa de que volvería al amanecer. El señor L... y los ayudantes se quedaron.

Dejamos a Valdemar completamente tranquilo hasta cerca de las tres de la madrugada, hora en que me acerqué a él, encontrándolo en las mismas condiciones que cuando el doctor F... se había marchado: es decir, que yacía en la misma posición. El pulso era imperceptible, la respiración suave (no se notaba, a menos que se aplicara un espejo a sus labios), tenía los ojos cerrados naturalmente, y los miembros estaban tan rígidos y tan fríos como el mármol. Sin embargo, su aspecto no era con certeza el de la muerte.

Cuando me acerqué al señor Valdemar, hice una tentativa de influir su brazo derecho para que siguiera el movimiento del mío, mientras lo pasaba arriba y abajo por encima de su persona. En tales experimentos con aquel paciente, yo nunca había logrado antes un éxito perfecto, y en realidad yo tenía pocas esperanzas de conseguirlo entonces; pero, con gran asombro por mi parte, su brazo siguió suavemente y con facilidad todas las direcciones que yo le indicaba con el mío. Decidí aventurar algunas palabras de conversación.

—Señor Valdemar —dije—, ¿está usted dormido?

Él no me contestó, pero yo noté un temblor en la comisura de sus labios, y eso fue lo que me movió a repetir la pregunta. A la tercera, todo su cuerpo se agitó con un ligero estremecimiento; los párpados se abrieron hasta descubrir una línea blanca del globo; los labios se movieron lentamente, y a través de ellos, en un murmullo apenas perceptible, surgieron las palabras:

—Sí; ahora duermo. ¡No me despierte! ¡Déjeme morir en paz!

Toqué sus miembros y los hallé rígidos como antes. El brazo derecho, como antes también, obedecía a la dirección de mi mano. Pregunté al dormido:

—¿Siente usted dolor en el pecho, señor Valdemar?

La respuesta entonces fue inmediata, pero menos audible que antes.

—No siento dolor. Me estoy muriendo.

No creí conveniente molestarlo más por el momento, y no se dijo nada más hasta la llegada del doctor F..., que acudió un poco antes del amanecer y expresó una ilimitada sorpresa al hallar todavía vivo al paciente. Después de tomarle el pulso y aplicarle un espejo a los labios, me pidió que volviese a hablarle al sonámbulo. Así lo hice:

—Señor Valdemar, ¿duerme usted aún?

Como antes, pasaron algunos minutos antes de que respondiese, y durante aquel intervalo, el moribundo pareció estar reuniendo todas sus fuerzas para hablar. A la cuarta vez que repetí la pregunta, él dijo con un hilillo de voz:

—Sí, todavía duermo. Me estoy muriendo.

Los médicos entonces opinaron, o mejor dicho, indicaron que el señor Valdemar permaneciera sin ser molestado en su estado de aparente tranquilidad hasta que sobreviniera la muerte, que, según criterio de todos, debía tener lugar a los pocos minutos. Sin embargo, decidí hablarle una vez más, limitándome a repetir la pregunta anterior.

Mientras yo hablaba se operó un marcado cambio en la expresión del sonámbulo. Los ojos giraron sobre sí mismos, abriéndose lentamente; las pupilas desaparecieron de golpe; la piel tomó un tinte cadavérico que no se parecía al pergamino, sino al papel blanco; y las manchas héticas circulares, que hasta entonces habían estado fuertemente señaladas en el centro de cada mejilla, desaparecieron inmediatamente. Empleo esta expresión porque lo repentino de su desaparición no me hizo pensar en nada sino en el apagón de la llama de una vela por un soplo. Al mismo tiempo, su labio superior se retorció, separándose de los dientes que hasta entonces había cubierto por completo, mientras la mandíbula inferior se le caía con un tirón súbito, dejando la boca abierta y descubriendo completamente la lengua hinchada y negruzca. Todos los miembros del grupo presente estaban acostumbrados a los horrores de la muerte; pero era tan espantoso el aspecto del señor Valdemar en aquel momento, que todos nos separamos del lecho.

Me hago cargo que he llegado a un punto en esta narración en que cada lector se sentirá poseído de un sentimiento de incredulidad; sin embargo, es mi deber continuar.

Ya no había en el señor Valdemar el menor signo de vitalidad, y convencidos de que estaba muerto, íbamos a dejarlo a cargo de los enfermos, cuando un fuerte movimiento vibratorio se observó en su lengua. Aquello continuó tal vez durante un minuto; al cabo del cual surgió de las mandíbulas distendidas y sin movimiento una voz que sería en mí una locura intentar describirla. Hay en realidad dos o tres epítetos que podrían ser considerados como aplicables en parte; podría decir, por ejemplo, que el sonido era áspero, roto y cavernoso, pero el espantoso conjunto era indescriptible, por la simple razón de que ningún sonido similar ha desgarrado, como lo hizo aquél, el oído humano.

Había, no obstante, dos particularidades, que entonces creí, y aún sostengo, que podrían ser consideradas como características de la entonación, que podían ser tomadas para conducir a la idea de su peculiaridad ultraterrena. En primer lugar, la voz parecía llegar a nuestro oídos —al menos a los míos— desde una enorme distancia o desde una profunda caverna en el interior de la tierra. En segundo lugar, me impresionó (temo en realidad que me sea imposible hacerme comprender) como las materias gelatinosas o viscosas impresionan el sentido del tacto.

He hablado tanto de la «voz» como del «sonido». Quiero decir que el sonido de las sílabas era claro, de una claridad maravillosa y estremecedora. El señor Valdemar hablaba, evidentemente, contestando a la pregunta que yo le había hecho algunos minutos antes. Yo le había preguntado, se recordará, si todavía dormía. Entonces dijo:

—Sí. No. He estado durmiendo y ahora estoy muerto.

Ninguno de los presentes trató de negar, ni siquiera intentó disimular el indescriptible y estremecedor horror que estas breves palabras, así pronunciadas, tenían que producir. El señor L..., el estudiante, se desvaneció. Los enfermeros dejaron inmediatamente la habitación y no se pudo hacerles volver. Por mi parte, no podría pretender describir al lector mis impresiones. Durante casi una hora nos dedicamos silenciosamente —sin que se pronunciase una sola palabra— a reanimar al señor L... Cuando volvió en sí, nos pusimos a investigar sobre el estado del señor Valdemar.

Permanecía en todos los aspectos como acabo de describirlo, con la excepción de que el espejo ya no daba muestras de respiración. Un intento de extraer la sangre de su brazo no dio resultado. Debiera mencionar también que este miembro no se hallaba bajo mi voluntad. Intenté en vano hacerle seguir la dirección de mi mano. En realidad, la única indicación real de que estaba bajo una influencia mesmérica podía hallarse en el movimiento vibratorio de la lengua, siempre que hacía yo al señor Valdemar una pregunta. Daba la impresión de estar haciendo un esfuerzo para contestar, pero ya no tenía suficiente voluntad. Parecía completamente insensible a las preguntas de otras personas distintas, aunque yo intenté poner a los presentes en relación mesmérica con el señor Valdemar.

Creo que, hasta aquí, he relatado todo lo que es necesario para comprender el estado del sonámbulo en aquel momento. Se avisó a otros enfermeros, y a las diez abandoné la casa en compañía de los dos médicos y del señor L...

Por la tarde volvimos a ver al paciente. Su estado era exactamente el mismo. Tratamos entonces de la conveniencia y la posibilidad de despertarlo, pero no tuvimos mucha dificultad en ponernos de acuerdo de que ningún buen propósito serviría para hacerlo. Era evidente que, hasta entonces, la muerte (o lo que frecuentemente se llama muerte) había sido detenida por el proceso mesmérico. A todos nos pareció claro que despertar a Valdemar sería simplemente asegurar su instantáneo, o, al menos, rápido fallecimiento.

Desde aquel día, hasta finales de la semana pasada —un intervalo de casi *siete meses*—, continuamos visitando diariamente la casa del señor Valdemar, acompañados una veces por médicos y otras por amigos. Todo este tiempo el sonámbulo permaneció tal y como lo he descrito la última vez. Los cuidados de los enfermeros fueron continuos.

Fue el viernes último cuando nos decidimos a hacer el experimento de despertarlo o de intentar despertarlo, y es tal vez el desafortunado resultado de este último experimento lo que ha dado lugar a tantas discusiones en los círculos privados; tantas, que yo no puedo dejar de considerarlo como un sentimiento popular irresponsable.

Con el propósito de aliviar al señor Valdemar del trance mesmérico, usé los pases acostumbrados. Éstos, durante un tiempo, fueron infructuosos. La primera indicación de que revivía fue dada por un descenso parcial del iris. Se observó como especialmente notable que ese descenso de la pupila aparecía acompañado por el flujo abundante de un líquido amarillento (por debajo de los párpados) de un desagradable y fuerte olor.

Se me sugirió que intentara influir en el brazo del paciente como antes lo había hecho. Hice el intento y fallé. El doctor F... me expresó el deseo de que le hiciera alguna pregunta. Así lo hice.

—Señor Valdemar, ¿puede explicarnos cuáles son sus sentimientos o sus deseos ahora?

Tuvo lugar un instantáneo retorno de los círculos héticos a las mejillas; la lengua tembló, o más bien giró violentamente en la boca (aunque las mandíbulas y los labios permanecían tan rígidos como antes), y, por último, la misma voz espantosa que ya he descrito rompió con fuerza.

—¡Por el amor de Dios! ¡Pronto! ¡Pronto! O duérmame, o despiérteme... ¡Rápido! *¡Le digo que estoy muerto!*

Yo estaba completamente sobrecogido, y durante un instante permanecí sin saber qué hacer. En primer lugar, hice un esfuerzo para tranquilizar al paciente; pero fracasado en esto, debido a la total inanición de la voluntad, retrocedí sobre mis pasos y luché con todas mis fuerzas para despertarlo. Pronto vi que este intento tendría éxito, o al menos pronto imaginé que mi éxito sería completo, y estoy seguro de que todos los que estaban en el cuarto esperaban preparados ver despertarse al paciente.

Pero es imposible que ningún ser humano hubiera podido estar preparado para lo que realmente ocurrió.

Mientras efectuaba los pases mesméricos, entre las exclamaciones de ¡muerto!, ¡muerto!, que explotaban de la lengua y no de los labios del paciente, su cuerpo, inmediatamente, en el espacio de un solo minuto, o incluso menos, se contrajo, se desmenuzó materialmente, y se pudrió por completo debajo de mis manos. Sobre la cama, a la vista de todos, yacía una masa casi líquida de espantosa, de detestable podredumbre.

FIN DE
«EL CASO DEL SEÑOR VALDEMAR»

EL CORAZÓN DELATOR

Es cierto; soy nervioso, terriblemente nervioso. Lo he sido y continúo siéndolo; pero ¿por qué decir que estoy loco? La enfermedad ha agudizado mis sentidos, pero no los ha destruido ni embotado. Por encima de todo, tenía muy agudizado el sentido del oído. Oigo todas las cosas del cielo y de la tierra, y a veces, muchas cosas del infierno. ¿Eso significa que estoy loco? Escuchadme y observad qué cuerdamente, con cuánta calma soy capaz de relataros toda esta historia.

Sería imposible decir cómo entró primeramente la idea en mi cerebro. Pero una vez concebida me persiguió día y noche. No existía ningún motivo. No había pasión alguna. Yo quería al viejo. Él nunca me había tratado mal. Nunca me había insultado, pues yo no deseaba su oro... Creo que fue su ojo... ¡Sí, eso fue! Tenía un ojo de buitre, un ojo azul pálido, recubierto por una película. Siempre que se fijaba en mí, sentía correr la sangre helada por mis venas, y así, poco a poco, muy gradualmente, me fui haciendo a la idea de quitarle la vida, y de ese modo librarme para siempre de su ojo maldito.

Y ahora viene la dificultad. Me creéis loco. Pero los locos no saben nada de nada; y yo, sin embargo... Deberíais haberme visto. Os habríais dado cuenta con cuánta discreción procedí, con qué precaución, previsión y disimulo llevé a cabo mi trabajo. Nunca fui tan amable con el viejo como la semana anterior a su muerte. Y cada noche, casi a medianoche, giraba la aldaba de su puerta y la abría. ¡Oh!, ¡qué suavemente! Entonces, cuando estaba lo suficientemente abierta para meter la cabeza, introducía una linterna sorda cerrada, perfectamente cerrada, de modo que no saliese ninguna luz, y luego metía la cabeza. ¡Oh!; os habríais reído al ver con qué astucia llevaba a cabo mi propósito. Me movía lentamente, muy lentamente, con el objeto de no turbar el sueño del viejo.

Tardaba una hora en pasar mi cabeza por la abertura, para poder ver al viejo tendido en su lecho. ¡Ah, ja, ja! ¿Podría haber sido un loco tan discreto como yo? Y luego, cuando mi cabeza estaba en la habitación, abría la linterna con precaución infinita. ¡Oh!, ¡con cuánta precaución! (porque chirriaban los goznes). Dejaba la linterna abierta lo necesario para que un solo rayo fuese a dar sobre el ojo de buitre. Y eso lo hice durante siete largas noches —precisamente en la medianoche—; pero siempre encontraba aquel ojo cerrado, y así era imposible realizar el trabajo, pues no era el viejo quien me vejaba, sino su maldito ojo. Cada mañana iba atrevidamente a su habitación y le hablaba de forma animada, llamándole por su nombre, en un tono cordial, y preguntándole cómo había descansado. De este modo comprenderéis que habría tenido que ser un viejo muy perspicaz para sospechar que cada noche, precisamente a las doce, yo lo observaba mientras dormía.

La octava noche tomé mayores precauciones que de costumbre para abrir la puerta. El minutero del reloj se movía mucho más rápidamente que mi pulso. Nunca, antes de aquella noche, había sentido la dimensión de mis propias energías —de mi sagacidad—. Apenas podía contener mis sentimientos de triunfo. ¡Pensar que estaba allí, abriendo la puerta poco a poco, y que él ni siquiera sospechaba de mis acciones o de mis pensamientos! Yo me reía ahogadamente ante la idea, y él tal vez me oyó, pues se movió de pronto, sobre la cama, como si estuviese asustado. Quizá pensaréis que me retiré; pero no fue así. Su habitación era tan negra como la pez, y estaba completamente a oscuras (pues los postigos estaban firmemente cerrados por temor a los ladrones). Yo sabía que él no podría ver la abertura de la puerta, y continué empujándola firmemente.

Tenía metida la cabeza, y estaba a punto de abrir la linterna, cuando mi dedo pulgar resbaló sobre el cierre de hojalata y el viejo se levantó de la cama gritando: «¿Quién anda ahí?».

Me quedé inmóvil y no dije nada. Durante toda una hora no moví un solo músculo, y en el intervalo no lo sentí echarse de nuevo. Él continuaba sentado en la cama escuchando; precisamente como yo lo había hecho noche tras noche, escuchando la muerte que acechaba a la pared.

Repentinamente oí un ligero gemido, y supe que era el gemido de un terror mortal. No era un gemido de dolor o de pesar, no. Era el sonido quedo y ahogado que surge del fondo del alma cuando está sobrecargada de espanto. Yo conocía muy bien ese sonido. Muchas noches, a medianoche justamente, cuando todo el mundo dormía, había brotado de mi pecho, profundizando con su eco espantoso los terrores que me acongojaban. Digo que lo conocía muy bien. Sabía lo que el viejo sentía y lo compadecía, aunque me riera en el fondo de mi corazón. Me constaba que había permanecido despierto desde que oyó el ruido por vez primera y se agitó en la cama. Desde ese momento, sus temores habían ido en aumento. Había estado tratando de convencerse que aquel ruido era infundado; pero no lo consiguió. Debió de decirse para sí: «No es más que el ruido del viento en la chimenea»; «es sólo un ratón que atraviesa la estancia»; o «es simplemente un grillo que ha cantado sólo una vez». Sí; tuvo que tratar de convencerse a sí mismo con aquellas suposiciones; pero todos sus intentos fueron en vano. Todo fue en vano, porque la muerte se acercaba a él con paso fugitivo, proyectando su negra sombra y envolviendo a su víctima, y la influencia lúgubre de la sombra imperceptible le hizo sentir —aunque no veía ni oía— la presencia de mi cabeza dentro del cuarto.

Cuando hube esperado un largo rato, con mucha paciencia, sin oírlo echarse de nuevo, resolví dejar al descubierto una pequeña, muy pequeña fisura de la linterna, y de este modo lo hice. No podéis imaginaros qué cautelosamente realicé mi propósito, hasta que al final conseguí un rayo tenue, como el hilo de una araña, que surgía de la abertura de la linterna y se proyectaba de lleno sobre el ojo de buitre.

Estaba abierto, enorme y abierto, y yo me volví loco al verlo. Lo veía con toda claridad. Era de un color azul mate, con un espantoso velo que me estremecía hasta la médula. Pero no pude ver otra cosa en el rostro del viejo. Tal vez, instintivamente, había dirigido el rayo precisamente sobre el condenado sitio. ¿Y no os he dicho que lo que se toma en mí por locura no es sino la agudeza de los sentidos?

Entonces llegó a mis oídos un bajo, quedo y rápido sonido, semejante al que produce un reloj cuando se le envuelve en algodones. Yo conocía demasiado bien aquel sonido. Era el latido del corazón del anciano. Aquello aumentó mi rabia, lo mismo que el temor estimula el coraje del soldado. Sin embargo, me reprimí y continué esperando. Apenas respiraba. Sostenía la linterna sin movimiento. Con firmeza de pulso mantuve el rayo de luz sobre el ojo. Entre tanto, el sonido infernal del corazón aumentaba; cada vez se hacía más rápido, y más rápido, y más alto, más alto a cada instante. ¡El terror del hombre debía de haber llegado al extremo! Se iba haciendo más alto, más alto, a cada momento. ¿Me comprendéis bien? Ya dije que soy nervioso; y lo sigo siendo. Entonces, en el profundo silencio de la noche, en medio del terrible silencio de la vieja casa, un ruido tan extraño como aquél despertó en mí un incontrolable terror. Sin embargo, durante algunos minutos más me contuve y permanecí inmóvil. ¡Pero el latido se iba haciendo cada vez más alto, más alto! Pensé que mi corazón estallaría, y entonces una nueva inquietud se apoderó de mí: aquel ruido podía ser oído desde muy lejos. ¡La hora del viejo había llegado! Con un grito infernal abrí la linterna y salté al interior de la alcoba. El viejo, inmediatamente, gritó; pero sólo una vez. En un instante lo arrojé al suelo, volcando sobre su cuerpo el pesado lecho. Luego sonreí alegremente al ver cumplido mi plan. Pero durante muchos minutos el corazón siguió latiendo con un sonido sordo. Aquello, sin embargo, no me inquietaba, pues me constaba que no podría oírse a través de la pared. Finalmente, cesó. El viejo estaba muerto. Levanté la cama y examiné el cadáver. Sí; estaba frío, tan frío como una piedra. Puse mi mano sobre su corazón y la retuve allí durante algunos minutos. No había ninguna pulsación. Estaba completamente muerto. Su ojo no podría molestarme ya más.

Si todavía me creéis loco, dejaréis de creerlo cuando os descubra las prudentes precauciones que tomé para ocultar el cadáver. La noche declinaba y yo trabajé apresuradamente y en silencio. Lo primero que hice fue desmembrar el cuerpo. Le corté la cabeza, los brazos y las piernas.

Luego, levanté tres planchas del suelo de la habitación y lo deposité entre el entarimado del piso. Volví posteriormente a colocar las maderas con tal cuidado, y de modo tan perfecto, que ningún ojo humano, ni aun el suyo, podría haber descubierto nada anormal. No había que lavar ninguna mancha, ninguna gota de sangre. ¡Para algo había tenido tanto cuidado! Una cubeta había hecho desaparecer todo.

Cuando hube acabado todos esos trabajos eran las cuatro, y estaba tan oscuro como a medianoche. Cuando el reloj dio la hora, oí que llamaban a la puerta de la calle. Bajé a abrir con alegría, pues ¿qué había que temer...? Entraron tres hombres que se presentaron a sí mismos como agentes de la policía. Un vecino había oído un chillido durante la noche, y sospechaba que se hubiera producido un acto violento. La sospecha fue comunicada a la oficina de la policía, y ellos (los oficiales) fueron enviados para investigar el caso.

Me sonreí... ¿Qué podía yo temer? Di a aquellos caballeros la bienvenida. El chillido, les dije, lo produje yo mismo, en sueños. El viejo, les referí, estaba ausente en el campo. Llevé a mis visitantes por toda la casa. Los invité a buscar, a buscar bien. Finalmente, los conduje a su habitación; les mostré sus tesoros seguros, sin tocar por nadie. En el entusiasmo de mi confidencia traje sillas a la habitación y los invité a que descansaran de sus fatigas, mientras yo mismo, con la osada audacia de mi perfecto triunfo, colocaba mi propia silla precisamente encima del lugar donde reposaba el cadáver de la víctima.

Los oficiales se dieron por satisfechos. Mis maneras los habían convencido. Yo estaba completamente tranquilo. Se sentaron, y mientras yo contestaba alegremente, ellos hablaron de cosas familiares. Pero no mucho tiempo después me sentí palidecer y deseé que se fueran. Me dolía la cabeza y me sonaban los oídos; pero ellos, sin embargo, seguían sentados y charlando. El sonido de los oídos se hizo más claro. Continuó y llegó a hacerse claramente perceptible. Yo hablaba mucho para libarme de aquel sentimiento; pero éste continuaba y se precisaba cada vez, hasta que al fin descubrí que el ruido no estaba en mis oídos.

Debí de ponerme muy pálido; pero seguí hablando con fluidez y en voz más alta de lo común. El ruido aumentó. ¿Qué podía hacer yo para evitarlo? Era un sonido bajo, sordo y rápido, semejante al que produce un reloj envuelto en algodones. Abrí la boca para respirar y los oficiales no oían nada. Hablé más rápidamente, más vehementemente, pero el ruido seguía aumentando con firmeza. Me levanté y argumenté sobre varias bagatelas, a gritos casi, gesticulando violentamente. Pero el ruido seguía aumentando.

¿Por qué no se irían? Me puse a recorrer la habitación de arriba abajo, dando zancadas, como si excitasen mi furia las observaciones de aquellos hombres; pero el ruido seguía aumentando firmemente. ¡Oh, Dios mío! ¿Qué podría hacer? Grité, bramé, blasfemé. Balanceé la silla sobre los maderos, pero el ruido se alzaba sobre todo, y aumentaba continuamente. Se hizo más fuerte, más fuerte, más fuerte. Y aquellos hombres charlaban amablemente y sonreían...

¿Era posible que no lo oyeran? ¡Oh, Dios Todopoderoso! ¡Oh, no! ¡Ellos lo oían! ¡Ellos sospechaban! ¡Ellos lo sabían! ¡Se estaban burlando de mi espanto!

Eso pensé, y eso pienso ahora. Pero cualquier cosa era mejor que soportar aquella agonía. ¡Cualquier cosa era más tolerable que aquella burla! Yo no podía soportar por más tiempo aquellas hipócritas sonrisas. Sentía que debía gritar o me moriría. Y de nuevo se escuchaba más fuerte, ¡más fuerte!, ¡más fuerte!

—¡Malvados! —grité—. ¡No disimuléis más! Admito el hecho. ¡Apartad esos tablones! ¡Aquí! ¡Aquí está el latido de su horrible corazón!

FIN DE
«EL CORAZÓN DELATOR»

BIBLIOTECA EDAF JUVENIL

1. *La isla del tesoro* (R. L. Stevenson).
2. *La vuelta al mundo en 80 días* (J. Verne).
3. *Cuentos de horror* (E. A. Poe).
4. *Sandokán* (E. Salgari).
5. *Corazón* (E. D'Amicis).
6. *Cuentos de la selva* (H. Quiroga).
7. *Las aventuras de Tom Sawyer* (Ch. Dickens).
8. *Cuentos del siglo XIX* (Antología).
9. *El extraño caso del Dr. Jekyll y Mr. Hyde* (R. L. Stevenson).
10. *Cuentos policiacos* (Antología).
11. *Cuentos fantásticos* (Antología).
12. *Cuentos populares españoles.*